MENINA DE FOGO

jandaíra

TAYLANE CRUZ

MENINA DE FOGO

São Paulo
2023

Este livro foi revisado segundo o Novo Acordo Ortográfico da Língua Portuguesa.

DIREÇÃO EDITORIAL Lizandra Magon de Almeida
ASSISTÊNCIA EDITORIAL Maria Ferreira
PREPARAÇÃO Vanusa Maria de Melo
REVISÃO Karen Nakaoka
PROJETO GRÁFICO, DIAGRAMAÇÃO E CAPA Marta Teixeira
ILUSTRAÇÕES Eve Queiróz

Dados Internacionais de Catalogação na Publicação (CIP)
(Câmara Brasileira do Livro, SP, Brasil)

Cruz, Taylane

Menina de fogo / Taylane Cruz. -- São Paulo : Editora Jandaíra, 2023.

ISBN 978-65-5094-049-2

1. Romance brasileiro I. Título.

23-165237 C DD-B869.3

Índices para catálogo sistemático:
1. Romances : Literatura brasileira B869.3
Aline Graziele Benitez - Bibliotecária - CRB-1/3129

jandaíra

Rua Vergueiro, 2087 cj. 306 – 04101-000 – São Paulo, SP
11 3062-7909
editorajandaira.com.br
Editora Jandaíra
@editorajandaira

Para Jéssica Maria e todas as meninas

Aos erês, por me mostrarem o caminho
de volta ao início de todas as coisas.

PREFÁCIO

Infâncias negras e a costura de outras possibilidades de futuro na escrita de Taylane Cruz

> "Que seria de nós sem a loucura de sonhar?"
> "Pedi para a vó desfazer minhas tranças. Sou várias, imito estações. Hoje voltei a ser árvore, os cabelos cheios como cachos de buganvílias. E eu quando estou árvore esse também é o meu poder."
>
> *Taylane Cruz*

Querida leitora, querido leitor, qual é a primeira lembrança que vem à sua cabeça quando você se recorda de sua infância? Gostaria que você tentasse rememorar somente as coisas boas. Lembre-se dos cheiros, sabores, sensações, pessoas, lugares...

Para ajudar você nesse movimento de recordação, vou começar partilhando cinco coisas que marcaram profundamente a minha infância e fizeram de mim uma criança feliz: banho de rio, brincar de pular corda, ouvir histórias de Tia Tuta, comer o arroz de Vó Carminda, pescar com minha Mãe.

Sempre fui apaixonada por banho de rio. Lembro que ficava horas e horas nadando nas águas doces até minha pele preta ficar cinzenta. Depois de muito nadar, mergulhar, brincar nas águas de Mamãe Oxum, voltava para casa faminta, querendo a comida de Luciene, minha saudosa Mãe. Brinquei na rua até os meus treze, quatorze anos. Mesmo tendo assumido compromissos muito cedo, pois precisei trabalhar ainda bem pequena para ajudar em casa, eu brinquei muito na minha infância. Eu gostava de brincar de roda, mas nada se comparava a pular corda. Ainda hoje lembro das músicas que cantávamos, quase sem fôlego, para não perdermos o compasso: "sal, pimenta, cominho, se não sair eu bato foguinho...", "Senhoras e senhores, ponham a mão no chão...".

Tia Tuta era a irmã mais velha de Mãe, na verdade seu nome verdadeiro era Maria José, mas sempre achei Tia Tuta mais sonoro. Tia Tuta era uma exímia contadora de histórias. Lembro que ela reunia as crianças na casa de Vó e ficava horas e horas nos contando histórias de Pedro Malasartes. Tia sorria com as malandragens de Malasartes. A criançada gargalhava junto. Erámos felizes.

A minha infância tem gosto do arroz de Vó Carminda. Não havia nada de extraordinário na receita de Vó. Ela misturava água, óleo, sal e colocava bastante alho. O aroma do alho se espalhava pela casa enquanto o arroz cozinhava. Depois, Vó e eu comíamos vagarosamente o arroz com gosto de alho e cheiro de amor.

Pescar com Mãe era um dos momentos de maior ternura da minha meninice. Mãe pegava o seu anzol de vara de bambu, segurava a minha mão, se juntava a uma ou duas amigas/vizinhas e saíamos para o mato, sentávamo-nos à beira do Rio Una, debaixo de um sol escaldante, e passávamos o dia pescando. Muitas vezes, voltávamos para casa sem ter pegado nenhum peixinho, mas não era isso o que importava para Mãe. Ela gostava mesmo era do silêncio do mato, do ritual de esperar pacientemente pelo peixe que iria puxar a linha do anzol se fosse fisgado, gostava do sol que aquecia a sua pele preta brilhante, do banho de rio, das conversas de adultas com as vizinhas e de cantar as músicas do Amado Batista, quase sempre errando a letra. Para a menina que vivia em mim, acompanhar Mãe nas pescarias era sempre um encantamento profundo. Era um sonho acordado. Uma memória bonita, um lugar para onde sempre volto quando a vida adulta perde a magia e se torna muito séria, pesada ou insuportável demais.

Querida leitora, querido leitor, talvez você esteja se perguntando o porquê desse relato sobre mim quando o foco central deste prefácio é o primoroso livro *Menina de fogo*, da sensível e talentosa Taylane Cruz, jovem escritora sergipana. Ao passear pelas páginas do diário da imperiosa menina que, quando não tem o que fazer, inventa, fui sendo transportada para o lugar sagrado da minha infância, e penso que esse é um dos grandes feitos realizados por Taylane Cruz: ler a *Menina de fogo* é ser transportada para um lugar feliz da infância e para um território que oferta novas possibilidades de futuro à personagens crianças negras na Literatura Brasileira.

A representação de infâncias negras, em alguma medida, é uma temática recorrente na literatura de autoria negra no Brasil. A minha primeira experiência com infâncias negras que apontava possibilidades de futuro aconteceu no começo de minha adolescência, quando deparei com a menina Geni, protagonista do premiado livro *A cor da ternura* (1998), da grande Geni Guimarães. Ao lê-lo, me encontrei na personagem central, tanto nas dolorosas situações de violência racista, como nos sonhos partilhados por ela. Ler essa obra no início da minha adolescência foi fundamental para que eu passasse a enxergar outros modos de ser para uma menina negra, de família pobre, do interior da Bahia. *A cor da ternura* me ensinou a me ver de maneira mais gentil e generosa. Com este livro precioso, Geni Guimarães impulsionou meus sonhos juvenis e me ensinou a sonhar e realizar.

Mais de vinte anos depois, deparo com a *Menina de fogo*. Olho atenta para a pequena que partilha conosco confissões em seu diário, durante o período exato de um ano. A menina apaixonada pelas palavras, a menina que sabe das bonitezas e das durezas daquilo que diz e ouve, enxerga o mundo com olhos caudalosos, mas que também faíscam quando ela se sente ameaçada, aprisionada, desmerecida. Cada página do diário da Maria de Taylane (ou seria Taylane a própria Maria?) acende em nós a chama de afetos, emoções e um misto de sensações que transbordam. Ao ler o diário dessa menina, resgatei as memórias que partilhei acima e descobri uma menina que teve uma infância feliz, apesar do racismo. Na minha perspectiva de leitora, pesquisadora e professora de literaturas de autorias negras, aqui está um dos grandes feitos desta obra: a encenação de uma infância negra feliz, embalada pelas peraltices, sonhos, desejos, descobertas, alegrias e dores de ser o que se é.

Querida leitora, querido leitor, quando falo desses novos horizontes para a infância de personagens crianças negras, encenados na obra de Taylane Cruz, não quero dizer que há romantização ou idealização por parte da autora. Na obra, ela nos apresenta infâncias multifacetadas e temas bastante delicados são abordados no decorrer da história: abuso sexual, pedofilia, exploração do trabalho infantil, gravidez na adolescência, aborto, violência contra a mulher, racismo, depressão, suicídio, ambiente familiar desestruturado, ausência paterna, abuso de autoridade, entre muitos outros. Todas essas temáticas, em alguma medida, vão atravessar os caminhos de nossa protagonista, nossa imperiosa menina de fogo, que tem o vício de libertar, mas quando está furiosa quer "mesmo é matar".

Quais são as outras infâncias possíveis para crianças negras? Creio que esta é a grande pergunta que me fiz ao ler *Menina de fogo*, questão que foi respondida a cada linha do diário sensível e amoroso da personagem infantil que nos ensina: "a ternura de algumas coisas é para sempre" e "o único poder que vale é o amor". Amorosamente, somos envolvidas pelas labaredas das palavras viciantes da personagem narradora que nos revela uma infância negra que não é definida pela violência do racismo, pela dor ou pela tristeza. A infância construída por Taylane Cruz é marcada por frustrações, desilusões, medos, traumas, mas é também o lugar das descobertas: a descoberta do corpo, do desejo, da sexualidade, da morte, dos desafetos, mas é, sobretudo, o espaço dos afetos. Cercada pela redoma amorosa da Vó e do Vô, a menina de fogo nos apresenta seus amigos leais e amorosos, adultas/os e crianças, os bichinhos de estimação, as plantas, os pássaros, as borboletas. Todas as gentes, todos os seres vivos e não vivos povoam a infância, às vezes rebelde e triste, mas quase sempre terna, amorosa, doce e feliz, muito feliz, dessa menina.

Se me pedissem para definir a estética que compõe o terreno ficcional do diário da menina de fogo, eu diria sem titubear que a narrativa de Taylane Cruz é marcada pela ferocidade poética. A infância construída pela autora sergipana nos toca não pelo tema em si, mas pelo modo afetivo, sensível, comprometido e ético como a questão é tratada. Ela constrói a sua menina de um jeito terno e doce, e mesmo quando a personagem se encontra em um doloroso conflito, somos convocadas a perceber que "a ternura às vezes dói", contudo, "as coisas bonitas fazem valer a dor do mundo".

Quero fazer um convite a você que chegou até aqui: se permita ser tocada/o pela ternura da menina de "boca de fogo", com olhos de ver borboletas e coração de passarinho. Permita-se encantar-se com a delicadeza e alegria de uma tagarela e esperta menina negra, criada por avós que fazem da vida um acontecimento poético, uma menina que nos ensina que a delicadeza também se aprende, pois o único poder que vale é o amor. E a vida não faz sentido sem a loucura de sonhar.

Franciane Conceição Silva (Francy Silva)
Professora adjunta do Departamento de Letras Clássicas e Vernáculas (DLCV) da Universidade Federal da Paraíba (UFPB). Doutora em Letras – Literaturas de Língua Portuguesa – pela PUC Minas. Coordenadora do projeto Palavra-Corpo: a literatura como estratégia de enfrentamento à violência contra a mulher.

1 DE JANEIRO DE 1996

Este ano é bissexto. Começo com essa informação porque é a primeira vez que escrevo assim, de forma tão próxima, e estou um pouco sem jeito. É como aprender a mostrar meu coração, deixar ver o que tem dentro dele. Mais difícil: é como aprender a falar com Deus.

A vó sempre me diz que, para falar com Deus, basta chegar perto de alguma coisa viva, uma borboleta, uma folha, um vaga-lume, até uma pedrinha a rolar está rolando ao sopro de Deus. Para falar com Ele até peguei o jeito, não é tão difícil, já consigo ver seu rosto em todo lugar. Ontem mesmo vi um menino na rua e os olhos dele, a boca, o jeito de ele segurar nos dedos o talo de uma flor... aquele menino era Deus todinho, cagado e cuspido, como diz o vô. Mas falar comigo mesma é mais complicado. Escrevendo aqui, sei que falo é comigo, é com meus pensamentos que converso. Porque você, diário, ah, querido diário, você não existe... Você é uma invenção.

Eu posso mesmo inventar? Prometo me controlar, é que eu tenho a cabeça cheia de histórias, agora mesmo há um montão delas sobrevoando minha cabeça feito uma nuvem de borboletas, mas juro que vou tentar me controlar.

Foi Tomás quem me disse para escrever um diário. Ele gosta de ver as pessoas felizes, é uma espécie de dom que ele tem. E como sabe que sou viciada em palavras, falou que tendo um diário posso treinar e usar todas as que eu encontrar. Costumo achar muitas palavras pelo caminho, cato como se elas fossem conchinhas. Esta semana encontrei quatro muito preciosas: decantação, azular, aviltante, tergiversar.

Gosto também de saborear as palavras como se fossem um doce, um caramelo, uma goma de mascar. Algumas são amargas, como rancor e ódio, outras são puro gosto de sal, como maltratar, e tem ainda as que são muito duras, difíceis de mastigar, como culpa e medo. Palavras pontudas que ferem eu não gosto, palavras bonitas me contemplam mais, sonhar, reviver, desabrochar. Mas aprendi a aceitar todas elas. A vó me ensinou que é preciso aprender por contrastes, tendo uma metade do mundo em cada mão. Ela sempre fala: "Ser a pedrinha que rola, mas ser também o chão". "É preciso aceitar todas as coisas sem medo de enfiar a faca no coração", ela diz. Me lembrei de quando Tomás falou que um diário ia ser um amigo para quando eu não puder falar com ele.

Pensei, pensei... sou teimosa, imperiosa, mas gosto de refletir sempre que alguém me dá algum conselho, pois acho valioso ponderar. Então resolvi e aqui estou. O caderninho foi Tomás quem me deu, juntou os miúdos que recebe lá na feira. Ele trabalha carregando na feira para ajudar os pais, tem um coração muito grande, sei que caibo todinha lá.

Por isso a primeira página deste diário é para você, Tomás. Você nunca vai ler, mas preciso dizer que este presente que me deu talvez seja o melhor que uma pessoa pode receber: um caderno para guardar a vida dentro, como se fosse um baú de pedras preciosas.

2 DE JANEIRO

Hoje o vô me levou na feira das trocas. Ele tinha uns ferros velhos e uns cachimbos antigos, disse que trazia uma máquina de costura muito boa para a vó. Eu sempre quis ir à feira das trocas, mas o vô nunca deixou. Disse que só quando eu tivesse doze anos. Foi meu presente de aniversário. Mas foi tudo muito diferente do que eu imaginava. Levei meu amigo Tomás com a gente, o vô gosta muito do Tomás. Na feira, tinha um monte de gente gritando "quem vai querer? quem vai querer?".

Lá tem de tudo. Máquina de costura, ferro de passar, cadeira de balanço, bicicleta, facas e facões, rede de balançar, rede de pescar, alçapão, tudinho mesmo, se brincar até conchas e estrelas do mar. Eu estava toda boba, me sentindo numa loja de joias. O vô conseguiu trocar rapidamente os cachimbos por uma máquina de costurar, uma Singer preta quase nova.

Depois de conseguir trocar os cachimbos pela máquina, o vô disse assim: "Agora você escolhe qualquer coisa que eu troco por esses ferros velhos. Qualquer coisa". Eu quase não acreditei. Imagine poder escolher qualquer coisa! Eu que sou ampla em meus desejos fiquei ambiciosa. Falei: "Olha, vô, eu lhe peço cuidado, pois não se deve dar tanto horizonte para as vontades de uma pessoa". O vô riu, passou a mão na minha cabeça.

Então Tomás arregalou seus dois olhos de jabuticaba, eu amo os olhos de Tomás, e disse: "Olha quantos pássaros!" Virei a cabeça para vê-los, mas o que vi foram muitas gaiolas com muitos passarinhos dentro. Senti como se aqueles pássaros estivessem presos dentro de mim, começou a doer. Tomás adora pássaros, odeia gaiolas. Aí pensei no que queria ganhar de presente. O vô perguntou: "Você quer levar um passarinho para casa, minha flor?" "De jeito nenhum, vô, eu quero todos os pássaros do mundo". Ele riu, "todos, meu amor?", e ficou um pouco sério, coçou a careca por debaixo do boné. "Vamos ver se lhe arranjo um bem-te-vi." O vô saiu sem entender nada, mas eu avisei, não se pode dar tanto horizonte para os desejos de uma pessoa.

Pois bem, peguei Tomás pela mão e, como dois ratinhos, assim sem ninguém ver, a gente foi abrindo todas as gaiolas. Foi pássaro para todo lado, voo para todo mundo ver. O vô correu tirando o boné da cabeça, os homens na feira gritando: "Valêime, os passarinhos tudo avoou!" Bem-feito.

Saí correndo com Tomás, o vô só me pegou em casa. Criança tem pé de asa mesmo, a vó tem razão, porque eu e o Tomás, a gente voou. O vô não ficou bravo, até riu contando minha peraltice pra vó. Ela é um pouco bruxa, sabe de umas coisas que ninguém mais sabe, falou que sentiu alguma coisa se soltar no ar, não sabia se longe ou perto, mas sabia que, no mundo, naquela mesma tarde, algo havia se libertado em voo. O vô então filosofou assim: "Culpa dessa menina, essa menina pensa que é a mãe do mundo".

3 DE JANEIRO

Essa manhã, quando acordei, uma palavra caiu sobre meu travesseiro. Levei um susto, porque foi como ser pescada dentro das águas do meu sonho. Peguei a palavrinha nas mãos com cuidado. Era frágil como um miúdo beija-flor, estava tão assustada, não queria morrer. Vi seu medo. "Vem cá", chamei. E soprei de leve para acalmar seu coração, sei cuidar. Me deu muita dó daquela palavrinha medrosa. Com o rosto ainda cheio de remela dos sonhos, eu não sabia o que fazer com ela.

Fui até a janela. A rua estava silenciosa. A palavra tremia toda nas minhas mãos, me acordando para um sentimento novo que nascia tão limpo e claro feito o dia. Fui para a cozinha e pousei a palavra numa tigela de cristal da vó. Ela se debateu inteirinha. Ficamos ali um instante quase eterno. Depois a levei de volta para o meu quarto, um fio de ar entrou pela janela. Que deseja o ar quando me toca assim? Não é por acaso que ele vem, eu bem sei, aprendi a escutar sua voz. O que pretende essa brisa entrando pela janela dessa manhã azul me mostrando uma palavra azul, um céu azul, um sentimento assim... todo azul como se me quisesse mar? Que tem o azul a ver com tudo isso, perguntei, espantada com as cores do mundo. Uma palavra vale o quê? Um dia começando para que serve? Um susto tem gosto do quê?

Enquanto eu girava no redemoinho de meus pensamentos, que eu, quando começo a pensar, sou bem capaz de ir embora com os ventos, a palavrinha escapou da tigela de cristal. Voou alucinada e rolou nos fios do ar. Quando percebi, a cortina da janela balançava brincalhona, deixando aparecer uma luz que se derramou pela janela, enchendo meu quarto e fazendo todos os objetos flutuarem. No quarto todo azul de vento, beija-flor e mar, a palavra se abriu igualzinho beija-flor. Foi como um sol nascendo dentro do meu coração.

4 DE JANEIRO

Hoje busquei minha bicicleta em seu Manuel. Juntei dinheiro durante muitos meses. Seu Manuel montou ela pra mim. A gente é muito amigo, na oficina dele fico a tarde inteira desfiando conversa, seu Manuel é muito cheio de histórias, trata criança como gente, fala comigo de igual para igual.

Levei hoje o saco com as moedas, juntei muitas. Seu Manuel nem contou, confia em meu coração. Sabe que é mais fácil uma flecha se desviar de seu caminho do que eu lhe mentir. A bicicleta é linda. "Agora vou botar um nome nela, que nome o senhor gosta, seu Manuel?". Ele respondeu assim: "Gertrudes, esse era o nome do meu grande amor". Pois então está feito. Roxa com bolinhas brancas e uma buzina. A buzina é vermelha e barulhenta como um coração.

Saí da oficina já montada nela, com Gertrudes sou capaz de atravessar o mundo inteirinho, até o arco-íris. Pássaro encantado. Vim buzinando pela rua, acelerando junto com o vento. Descobri que melhor é ser. Não o pássaro, mas o voo.

5 DE JANEIRO

Trovejou muito esta tarde, o céu cinzento, muitos raios e trovões. A vó cobriu os espelhos da casa, disse que os raios libertam espíritos presos dentro deles. Eu adoro barulho de trovão. Gosto também de raio. Mas prefiro as coisas que não vejo. O raio a gente vê, o trovão a gente sente.

6 DE JANEIRO

A vó está toda boba com sua máquina de costurar. O vô mais bobo ainda, fica derretido olhando ela trabalhar. Eu fico boba também porque ela coloca o pé no pedal, gira o volante e a agulha começa sua mágica. A vó tem todas as cores de linhas. Quando ela bate o pé no pedal da máquina, parece que um arco-íris acontece. Eu passo a tarde inteira ajudando a vó, arrumo os tecidos, desfio os novelos, separo as linhas. Por uns instantes fico toda aranha, toda importante tecendo coisas invisíveis, como se o mundo dependesse das minhas mãos para existir.

7 DE JANEIRO

Hoje a vó quis me dar de presente uma nuvem de borboletas. Não aceitei. "Vó, se uma borboleta já me dá ambições perigosas, imagine um montão delas. Prefiro não. Prefiro não arriscar esse desmedido poder."

8 DE JANEIRO

O vô me deu uma lanterna. Eu agora gosto de iluminar as coisas. Hoje mesmo iluminei o coração de um homem doente que olhava o céu do portão.

9 DE JANEIRO

Hoje estou muito revoltada. E eu, quando estou assim, sou bem capaz de colocar fogo em tudo, até em mim.

10 DE JANEIRO

Minha revolta passou. Uma noite de sono é mesmo capaz de organizar as emoções de uma pessoa. Até parece que, no sono, enquanto sonhamos, um quebra-cabeças vai sendo montado. Quando a gente acorda, o desenho está ali inteirinho para a gente ver. Não quero contar o motivo da minha revolta de ontem, basta dizer que fui impaciente e por isso quase estourei nos dedos uma crisálida.

11 DE JANEIRO

Eu, quando não tenho o que fazer, invento. E hoje até parece que o mundo resolveu entrar em estado de águas paradas. Mas é como a vó diz: águas paradas guardam profundezas debaixo de si. Então decidi gastar o dia pensando em coisas para fazer. Se eu pudesse, inventava um pássaro que fosse remédio, uma gota de chuva que virasse cristal e me guardasse dentro. Se eu pudesse, inventava um animal que virasse uma canção, ou mesmo uma brincadeira como contar abelhas num cacho de bananas no quintal. Escrever é bom, mas às vezes acumula moscas em volta de mim. Queria enfiar a mão num rio, pegar um peixe e ver ele se debater na minha mão.

12 DE JANEIRO

Ontem eu não dormi. Pedi para a vó mais o vô: "Deixa eu passar a noite acordada?" Eles me olharam sem saber se deixavam ou não. "Você vai aguentar entrar na noite?". Respirei fundo e respondi imperiosa: "Vou descobrir". Eles então deixaram. A vó me deu seu cobertor, um de retalhos que ela mesma costurou com pedaços de camisas antigas do vô e roupas minhas e dela que já não usávamos mais. Aquele cobertor é tecido de nós. O vô me deu uma caneca de leite morno, disse que era para me esquentar. Fiquei a noite inteira no quintal. Tudo breus. Só os vaga-lumes piscando no tom das estrelas. Foi difícil. Mas consegui. Ouvi barulhos que, dormindo, jamais escutei. Grilos picotando o escuro, sapos pulando sobre as pedras, o chiado das coisas que vivem enquanto a gente dorme. A vó estava certa quando me contou que tudo pulsa. Quando o sol nasceu, e adoro ver o sol nascer, eu me senti parte de todas as coisas. Ouvi quando o primeiro galo cantou e o canto se espichou tão comprido que fez meu coração abrir como um ovo estrelado de manhã. Senti ainda que desse ovo saía o primeiro passarinho do dia. Ouvi também quando o moço que entrega o leite chegou com seu sininho. Ele tem um sininho pendurado no guidão de sua bicicleta. Corri até a porta, ele deixou o leite e foi atravessando a rua fazendo tlim tlim tlim. Fechei os olhos para aproveitar melhor. Atravessar a noite me ensinou a ver e sentir no escuro.

13 DE JANEIRO

Tenho birra que me chamem de coisinha. Tenho nome e, se quando nasci, minha mãe o escolheu é porque gostaria de sua filha ter um nome e não andar por aí sendo chamada de coisinha. Mania feia desse povo, é coisinha pra lá, coisinha pra cá. Hoje a dona Lurdes, que sabe muito bem o meu nome, chamou por mim na rua, queria que eu lhe fizesse um favor. "Ei, coisinha, vem cá!" Já olhei com dois olhos de cobra para ela, nem respondi. Ela, insistente, continuou imperiosa: "Ei, coisinha, vem cá, vai ali comprar uns pães doces pra mim". Vive me pedindo favor aquela mulher. Mas dessa vez eu rejeitei, mostrei pra ela um dedo bem assim. Ela esbugalhou os dois olhos: "Vou contar tudo pro seu avô, moleca". E contou mesmo, aquela língua de trapo. O vô me repreendeu: "Assim não se faz, meu amor". Expliquei em minha defesa: "É que tem dias que a gente não aguenta, vô. Tem dias que o coração está impaciente e a gente acontece do jeito que sai".

15 DE JANEIRO

O vô e eu, a gente adora canções. Ele coloca muitas para a gente ouvir e às vezes conta histórias como se fossem músicas. Interpreta com emoção as histórias, dá saltos, faz os braços abrirem, parece um ator no palco de um mundo que ele inventa só para mim. Hoje ele me chamou no alpendre e falou assim: "Senta aqui, minha flor, que vou te contar". "Contar o quê, vô?" Ele deu risada, a fumaça evolando de seu cachimbo como se evaporasse de uma flor: "Vou te contar a história de uma terra onde o amor se dividia". "Essa terra fica neste mundo, vô?" "Fica sim, minha flor, neste e em todos os mundos que você sonhar". O vô sabe que basta salpicar sua narrativa de magia que já me pega, sou que nem peixe, morro pela boca, agarro logo o anzol. Ele continuou: "Na terra dos orixás, Ogum sonhava com a filha de Nanã e pensava que as estrelas eram os olhos de Iansã". Contava fazendo um gesto no ar, suas mãos passeando no vento, subindo e descendo, mudando de lado feito a noite e o dia. Depois ele colocou o disco para tocar a canção na voz de Clara Nunes, o vô adora ouvir Clara Nunes cantar. A canção sobre a disputa pelo amor de uma poderosa rainha, os ventos, o mar, as estrelas, era muito linda. Eu fico tão entontecida de imaginação que às vezes saio mareada de tanto imaginar. Sinto vontade de sair rodando, rodando, só o vô para me segurar: "Volta aqui, menina-peão". "Repete a canção, vô", pedi ávida, pois quando gosto de uma coisa fico ébria de obsessão, quero repetir até enjoar. O vô colocou outra vez a música, fechei meus olhos, já não era mais de manhã. Anoiteceu em mim e eu via no céu os olhos estrelados, os olhos de fogo e prata de Iansã.

16 DE JANEIRO

Hoje ouvi uma coisa sobre a qual ainda não decidi se é verdade ou não. Almocei na casa da tia Azul. Gosto muito de ir lá. Tia Azul na verdade se chama Luza, mas eu acho muito feio esse nome, e como gosto de brincar com palavras fiz um anagrama para ela. A casa da tia Azul é uma das mais bonitas aqui da rua. Tem um lustre em formato de tulipas despencando do teto e uma bomboniere de cristal cheinha de torrões de chocolate. Eu fui lá porque gosto de desabafar com a tia Azul. Ela é uma amiga adulta. Não é minha tia de verdade, mas gosta muito de mim. Ela cultiva palavras por todos os lados, sempre me diz que planta e colhe palavras no próprio jardim. Desabafei umas coisas há muitos dias soltas dentro de mim. A tia Azul, depois do almoço, me serviu um chá. Adoro tomar chá com a tia. Seu jogo de porcelana inglesa é muito fino, as xicrinhas todas bordadas com canarinhos, o bule com um canarinho de porcelana no topo da asa e descascado no bico. Ela serve o chá e eu me sinto uma velhinha fazendo confissões a uma antiga e muito querida amiga. Pois bem... desabafei com a tia Azul. Ela tem uma cabeça perigosa igualzinha à minha e justamente por isso ainda não me decidi se acredito ou não no que me falou. Acontece que a tia Azul me deu um conselho. Sabendo do meu carinho pela mãe de Deus, disse, em tom muito sério: "Olha, minha menina, para coisas assim recomendo uma visita à Nossa Senhora em pessoa". Fiquei confusa, a tia estava brincando com a minha inteligência? Estava me torturando, me fazendo tropeçar entre a minha noção da realidade e minha paixão insana pelo mistério? Deixei ela continuar: "Pois então... aqui está o endereço. Não pergunte como consegui". Ela anotou num papel, ainda com um tom muito sério. Pousei a xícara na mesinha, peguei o pedaço de papel no qual li: RUA DO ARCO-ÍRIS, COMEÇO DO MUNDO, DEPOIS DE CHUVA E SOL. Ponderei, eu já disse que acho valioso ponderar. A tia me deu um beijo muito gracioso, dela saía um perfume gostoso que me fez confiar. Ainda não decidi se acredito ou não. Mas por via das dúvidas ficarei de tocaia esperando. Assim que um arco-íris aparecer, tirarei a prova.

19 DE JANEIRO

Dentro do armário, atrás das xícaras de opalina decoradas, a vó trancou a lata de *marrom glacê*, como se o doce fosse uma joia ou um segredo precioso. Implorei por um tiquinho, a vó sabe da minha fraqueza por doces, mas não adiantou, só abriria a lata no domingo. "Você parece uma formiga!", ela resmungou. Trancou o armário com a chavinha sem piedade, mostrou sua total falta de confiança em mim. "Então é assim, vó?" Começava um cabo de guerra entre os nossos corações. Ah! querido diário, não que eu queira me justificar, porque, se fiz o que fiz, não quero usar artifícios para apagar o fogo do meu erro. Mas que sabor delicioso tem o desafio! Então a vó achou que tomando para si o poder de soberana da nossa casa conseguiria me deter? Ela sabe que dentro de mim existem vários monstros.

Vivi uma tarde de tortura, atormentada pela vontade incontrolável de comer um tiquinho daquele *marrom glacê*, "o doce de ouro", como ela diz, sobremesa muito trabalhosa, refinada e cara. Aquela lata se tornou o objeto dos meus sonhos. Eu quis brigar, mas às vezes é mais fácil ganhar o que se deseja com um beijo do que com a ponta de uma faca. Tentei convencê-la, dei muitos beijinhos nela. Não adiantou. Foi então que decidi colocar logo fogo na situação.

Esperei a vó sair para a reunião da igreja, peguei a chavinha que ela guardou debaixo do colchão e abri a porta do armário. Estava tão próxima da lata de *marrom glacê* que quase tive um delírio, as pontas dos meus dedos chegavam a queimar. Agarrei a lata. Prateada e redonda como uma lua. Tirei de dentro do armário. Na pressa, deixei cair uma das xícaras. Toda craquelada no chão, a xicrinha estava morta. Tentei juntar os cacos, catando um por um. Sequestrei a lata de *marrom glacê* e me lambuzei! É como dizem: quem pega em brasas é para se queimar. Eu já estava na merda mesmo, então melhor aproveitar pelo menos um pouquinho do doce, que era mesmo muito fino, derretia na boca suave, depois maravilhoso. Antes da vó retornar, coloquei a lata de volta, arrumando as outras xícaras de modo que ela não desse por falta, uma xicrinha a menos não faz mal, ela não iria nem notar se eu misturasse tudo.

De noite, jantei macarrão com almôndegas que o vô fez. Quando deitei com a barriga cheia de almôndegas, senti uma coisa estranha. Era sonho? Pesadelo? Debaixo do meu travesseiro, algo me espetava. Virava a cabeça de um lado para o outro. Que coisa miúda era aquela espetando meu sono? Levantei o travesseiro e lá estava: uma lasca da xícara de opalina. Peguei a miúda lasca em que dava para ver parte do desenho esquartejado na hora da morte da xícara; era a ponta de uma pétala amarela. Então a vó sabia! Certamente percebeu a ausência de uma xícara e foi conferir no lixo. O vô tem razão, a vó tem faro de perdigueiro. Burra eu que ainda caí na armadilha. Hoje, quando acordei, ela arrumou o café na mesa e colocou o jogo com as xicrinhas de opalina. O bule branco como um cisne reinava no centro da mesa, uma mãe com seus filhinhos, faltando um que eu matei. A avó então trouxe a lata de *marrom glacê,* deixou lá aberta, com as marcas dos meus dedos. O vô segurava o riso, a vó super séria, sempre soube o tom para dar uma lição. Eu fiquei ali toda sonsa, afundando numa água cheia de limo.

20 DE JANEIRO

Hoje tivemos ensaio do coral. Não gosto muito da igreja, mas gosto de cantar e de ficar olhando todas aquelas pinturas e estátuas de santos. Hoje aprendemos a cantar em latim. Eu já tinha ouvido a vó cantar em latim, mas sempre achei muito difícil. Foi a tia Clécia quem nos ensinou, na aula de história, que latim é língua morta e é língua de colonizador. Mas confesso que gostei de cantar em latim, talvez porque eu sou muito ansiosa pelos saberes e muito gulosa pelas coisas do mundo, e também porque a música foi para Nossa Senhora e dessa eu gosto demais, às vezes tenho vontade de colocá-la no colo e balançar até ela dormir porque a mãe de Deus também precisa de uma mãe. O vô fala que até a mãe da mãe de todas as mães já teve mãe e que todos podemos ser mães uns dos outros e pais também, porque de colo e carinho padecemos todos nós. A música era um pouco assim:

Agnus Dei, qui tollis peccáta mundi,
miserére nobis.
V. Ora pro nobis, sancta Dei Génitrix.
R. Ut digni efficiámur
promissiónibus Christi.
Orémus.:

Não decorei bem a tradução, estou trabalhando nessa parte ainda, mas por alguma razão eu chorei ao cantar.

23 DE JANEIRO

Estive de tocaia há dias esperando ansiosa um arco-íris aparecer. Choveu fraquinho durante a madrugada, saltei depressa e fui até a rua conferir. Olhei com cautela o céu. Longe, bem ao longe, avistei uns borrões, uma fumacinha cheia de cores no céu. Calcei depressa um par de tênis, sabia que precisaria caminhar uma distância. Pedi ao vô para preparar uma merenda para mim porque precisaria peregrinar todo o dia. Ele ficou confuso, a vó dando risadinha. Expliquei a história do arco-íris, eu tinha em mãos o endereço da Ave Maria, "de quem?", a vó se espantou. Dela mesma, vó, a mãe de Deus em pessoa, foi a tia Azul quem me passou. Os dois se olharam suspeitosos como se interrogassem um ao outro "a gente deixa mesmo ela ir?" E como são complacentes, aprontaram minha merenda. O vô colocou uma maçã e uma fatia de pão enrolados num guardanapo. Da porta, a vó gritou: "Não esqueça de voltar". Eu voltei. Depois de um dia inteirinho em busca do endereço da Ave Maria, eu voltei. Estava triste e decepcionada.

Era como trazer uma pedra no coração. "Você não encontrou?" Não, não encontrei. O arco-íris sumiu muito antes de eu chegar. A vó deu muita risada, isso só aumentou minha decepção. "Desculpe, minha flor, mas é que onde já se viu ter o endereço de Maria?" Entendi então a brincadeira da tia. Estou indo dormir profundamente magoada. Estou sofrendo de minha primeira distância amorosa.

24 DE JANEIRO

Não me levantei da cama. Adoeci de amor.

25 DE JANEIRO

Confesso minha inclinação para o drama. Já me sinto melhor. Conversei com a tia Azul. Ela deu muita risada. "Eu não sabia que você iria mesmo procurar." Pediu perdão e foi tão doce que eu perdoei e disse a ela: "Tia, a senhora me conhece, tenho um coração perigoso, basta um pingo de mistério para me tentar".

28 DE JANEIRO

Acordei querendo atravessar desertos, eu às vezes acordo querendo caminhar e ficar só. Mas deserto por aqui a gente não tem. Então a vó falou que eu poderia cruzar o deserto dentro de mim, pois os desertos estão dentro de nós também. Passei o dia cruzando o deserto em mim. Fui e voltei. Confesso que fiquei muito cansada. Eu sou muito longe.

29 DE JANEIRO

Eu tenho uma baleia-azul no quintal. Ninguém sabe, é segredo meu. Ganhei a baleia de presente, não posso dizer de quem. Quando quero, fico horas vendo a minha baleia-azul. A vó mais o vô estranham, eu sei, mas me deixam lá quieta. Sabem que eu quando estou em silêncio é porque preciso sossegar. Não sabem é que a baleia me faz companhia, é ela que me ajuda a escutar. É que minha cabeça faz muito barulho, às vezes penso demais, meus pensamentos parecem pássaros cantando noite e dia em volta de mim. Minha cabeça canta e por isso às vezes não consigo me ouvir.

Minha mãe era assim, mas diziam que ela não sabia controlar as vozes em sua cabeça, o peso era muito de tanto passarinho cantar, algumas vezes era tão alto o canto que ela agitava as mãos para espantar. Um dia, minha mãe e eu, sentadas à beira do rio fazendo buraquinhos na terra e chupando laranja, juramos visitar uma baleia-azul. Lembro que eu perguntei para a mãe onde fica a baleia-azul. Ela respondeu sorrindo, a mãe sabia sorrir quando queria: "No lugar mais profundo que existe". "No coração, mãe?". A mãe sorriu outra vez, mas um pouco assustada, seus olhos ficando grandes, às vezes ela era assim… olhos espantados procurando outra direção, como se quisessem ir para outro lugar. "Não, menina boba. No mar".

Quando vi a baleia-azul pela primeira vez, quase morri de medo, estava ficando doida? Mas aí fui me acostumando. Quando ela aparece, fico alegre, fora e dentro de mim, escuto a voz da minha mãe me chamar. O vô mais a vó nem imaginam o tamanho do animal que brinca comigo no quintal.

30 DE JANEIRO

Hoje acordei tonta, o coração doendo de fome, uma vontade apressada de amar. Saí montada na minha bicicleta para procurar, farejando que nem um cão. Hoje eu amaria qualquer coisa, até mesmo o restinho de uma flor.

2 DE FEVEREIRO

Ontem foi o enterro da tia Bete. Não senti vontade de escrever, porque precisei de um tempo para sentir minha tristeza. A vó me ensinou que é importante sentir e que cada emoção precisa de decantação (eu acho essa palavra linda e sempre vou usar). Eu acho que as coisas que a gente sente são como sementes, é preciso deixar brotar para a gente ver. Hoje eu estou desabrochada e já consigo escrever. Tia Bete era irmã de minha vó, às vezes ela enviava para a gente umas compotas com doce de banana batido. Mesmo velhinha ainda tinha força pra bater o tacho. Ela era alegre como uma rosa-menina. Eu até dei esse apelido para ela, toda vez que ela aparecia aqui em casa, eu dizia "chegou a rosa-menina". Gostava muito de mim, mas às vezes falava que tinha medo. "Medo de mim, tia?" Ela dava uma risada bem gostosa, "medo sim, fia, é que você é tão sabida que nem parece desse mundo". Tia Bete me ensinou muita coisa, um dia trouxe um homem todo sujo aqui pra casa. Chamou a vó e falou assim: "Oh, mana, vamos dar um banho nele". A vó ajudou, mandou eu entrar, mas fiquei espiando. Com a mangueira do jardim deram banho nele com sabão de coco, tão bonitas as bolhinhas de sabão brilhando no ar, o homem tentando pegar elas com a mão.

Depois do banho, tia Bete falou: "Agora você é gente e já pode comer uma sopa com pão". A vó esquentou a sopa e ele comeu. Foi embora logo depois, tentei segui-lo, mas o homem desapareceu.

Contei essa história para o Tomás, ele se arrepiou, disse que o mundo é misterioso. Tia Bete me ensinou essa coisa de gostar de gente. Sei que em alguns momentos sou muito bruta e imperiosa, mas tento aprender. Tia Bete gostava muito de ouvir rádio, adorava umas modinhas românticas. A vó tem ido todos os dias na casa dela para limpar, disse que não vai deixar a casa da irmã dela dar bicho. A vó vai e limpa, passa alfazema na casa inteira. Hoje ela contou uma coisa que me deixou com chama nos olhos e botou fogo na minha imaginação: o rádio da tia Bete, mesmo depois que ela morreu, fica tocando o tempo todo sozinho.

10 DE FEVEREIRO

Hoje a vó e eu brigamos. Demorei o dia inteiro para me recuperar, pois sentia vespas em meu coração. Eu queria muito xingar ela, desejei coisas tão ruins que nem para você terei coragem de contar, diário, porque contar é mostrar sem medo os animais selvagens que moram em mim. Mas o fogo passa e a água chega para acalmar. Agora o que tenho é água nos olhos e no peito também, estou boiando em mim. Eu amo muito a minha avó e é difícil a gente igualar ódio e amor. Não tenho vontade de contar o que aconteceu, foi muito feia nossa briga, só quero mesmo dizer que dói sentir raiva de quem a gente tanto quer bem.

11 DE FEVEREIRO

Hoje a vó e eu fizemos as pazes. Não foi preciso uma só palavra. Quando acordei havia bolo de coco, queijo e melancia na mesa. A vó sabe que eu amo bolo de coco, queijo e melancia. Foi o jeito dela me pedir perdão. Comi o bolo quase todo. Foi meu jeito também de dizer para ela, em silêncio, somente dentro do meu coração: perdão, vó, eu amo você.

12 DE FEVEREIRO

Fui na casa do seu Abel levar os risoles que a vó mandou. Seu Abel tem uma foto de Santa Luzia bem no meio da parede da sala. Acho muito estranho aquela mulher segurando um pires com dois olhos boiando nele. Não gosto muito de ir à casa do seu Abel. Mas a vó mandou, eu obedeci. Fiquei esperando na sala. Seu Abel foi buscar o dinheiro dos risoles. Ele disse que eu estou crescida, que já dá para ver meus peitinhos apontando por debaixo da blusa. Seu Abel tem a barba branca, os olhos esbugalhados, tem cara de louco. Ele disse para eu ir lá qualquer dia desses, quer me mostrar uma coisa. Mas eu não vou, não sou burra. Uma vez eu vi seu Abel mostrando uma coisa para Adelina, foi no dia que levei os enroladinhos de siri. Ele ficou bravo, não era para eu ter ido lá. Adelina saiu correndo, seu Abel me pagou o dinheiro e bateu a porta na minha cara. Mas antes de ele fechar, vi quando a imagem de Santa Luzia olhou pra mim. Ela viu tudo, viu a mesma coisa que eu vi.

13 DE FEVEREIRO

Tia Azul está me dando aula de música. Ela fala que preciso levar a sério, que é difícil demais escutar a música do mundo. Hoje aprendemos a afinar a cabeça e o coração. Tia Azul explicou: "É preciso afinar nossas teclas todos os dias, minha flor, o coração é um instrumento muito delicado". E cabeça sem uso enferruja, as cordas param de tocar, ela disse e completou: "Tudo é música. Ódio e amor, os dois têm um tom".

14 DE FEVEREIRO

Hoje Tomás falou assim: "Queria ter jeito com palavras porque quem tem jeito com as palavras sabe se defender". Fiquei chocada com a afirmação dele. Do que as palavras podem nos defender, se algumas são tão úteis quanto uma geladeira, uma porta ou mesmo uma colher de metal? Pensei muito em algo eloquente para dizer ao meu amigo. Mas, para mim, às vezes as palavras são como umas formiguinhas andando em fila indiana, carregando nas costas seus pedacinhos de folhas. Eu observo o caminho que elas fazem, sou capaz de ficar horas olhando para elas. Essas formiguinhas pretinhas são uma coisa linda! Parecem carregar o mundo nas costas.

16 DE FEVEREIRO

Eu queria escrever um poema. Mas vi uma borboleta pousada e a borboleta pousada era um poema quentinho. Tentei tocá-la, eu queria pegar aquele poema. Mas quando tentei pegar, a borboleta sumiu, se apagou, deixando apenas uma poeira de brasa que, miúda, piscou sobre a palma da minha mão.

17 DE FEVEREIRO

Ontem, antes de dormir, li sobre a via láctea, o cosmos, os planetas. Sonhei que eu estava tão triste vendo as notícias do mundo que escrevi: o mundo é uma ferida aberta no cosmos. A frase abriu uma ferida cósmica em mim.

19 DE FEVEREIRO

O carnaval é amanhã e eu adoro o carnaval. A vó costurou uma fantasia para mim. Tomás e eu nunca perdemos o bloquinho da rua. A vó fez um macacão todo amarelo--dourado, cheio de lantejoulas e paetês e uma cabeça de sol toda pintada de dourado e salpicada de glitter. Fez uma fantasia para Tomás também. Eu vou ser o sol, ele a lua. O vô disse que a vó tem dedos de Midas. "Como assim, vô?" Ele me contou de um rei chamado Midas, que tudo o que tocava virava ouro. Puxa vida! Fiquei impressionada. A vó é mesmo poderosa! Pedi dengosa: "Ôhhhh, vó, toca aqui no meu coração, faz ele virar puro ouro".

21 DE FEVEREIRO

Ontem, Tomás e eu fomos no bloquinho da rua. Dançamos a tarde inteira até as estrelas acenderem no céu. Confetes e serpentinas choviam pela rua. Tomás me puxou pelo braço, "quer provar uma coisa?" Eu não! Mas ele insistiu, "vem, você vai gostar". Tomás sabe que não adianta insistir, só faço o que quero, então eu quis. Fomos até o beco, um fedor de mijo e de cigarro. Tomás tirou de um buraco no muro uma garrafinha. "Que é isso, Tomás?" Ele sorriu. Tomás sorrindo é capaz de salvar o mundo. Ele abriu a garrafa, "cheira aqui", só o cheiro já me entonteceu. Ele riu, dando um gole enorme. Me passou a garrafa, "agora você". Engoli aquela água quente, que desceu ardendo feito fogo. Mas de fogo eu gosto, então repeti, dando mais três goladas de uma só vez. Tomás ria, ria como se sua risada fosse um pulo dentro de mim. Comecei a rir porque era bom e de repente tudo começou a rodar, eu sentia que estava com Tomás num outro planeta, num lugar onde havia um teto feito de estrelas, fios prateados e uma música sem fim. "Me passa a garrafa, Tomás." Ele me entregava, eu passava pra ele de volta. Meu corpo parecia um caminho de formigas. "Vamos sair desse fedor", eu disse. Saímos de mãos dadas, tropeçando na rua torta, com confetes e serpentinas para todos os lados. A vizinhança cantando:

Você pensa que cachaça é água?
Cachaça não é água não
Cachaça vem do alambique
E água vem do ribeirão

Ontem foi a primeira vez que apanhei do vô.

23 DE FEVEREIRO

Hoje o vô e eu decidimos reinventar a matemática das coisas. A gente fez uma lista. A lista se chama *A medida das coisas.* A vó estava costurando perto e falou: "Você mais o seu vô... vocês quando não têm o que fazer inventam". Nossa lista ficou assim: o menor carinho é o maior carinho. A menor palavra de amor é a maior palavra de amor. O menor gesto de compaixão é o maior gesto de compaixão. O menor beijo é o maior beijo. A menor mão a enxugar uma lágrima é a maior mão a enxugar uma lágrima. O menor sonho é o maior sonho. A menor verdade é a maior verdade. O menor prazer é o maior prazer. A menor alegria é a maior alegria. O menor perdão é o maior perdão. O menor passo é o maior passo. O menor lar é o maior lar. A menor gota é mar.

26 DE FEVEREIRO

Tomás e eu roubamos um girassol. Desenterramos ele lá do terreno do cemitério, a gente tinha ido lá levar umas flores pra minha tia Bete. O girassol me olhou tão bonito que não aguentei, nem sempre consigo colocar limite na minha ambição. Falei para Tomás: "Vamos levar?" Tomás não gostou muito da ideia, "não sei se dá sorte roubar flor de cemitério". Insisti até ele concordar. Tiramos o girassol com muito cuidado, carregamos ele pela rua e o plantamos aqui no quintal da minha vó. Meu vô quis saber de onde tiramos o girassol. Enganei o vô, às vezes a verdade é pior e aprendi a usar a mentira sem machucar. O girassol ficou lindo no quintal, mas à noite eu escuto ele falar, talvez ele fale com os mortos do cemitério. Fiquei pensando... Não seria melhor devolver? Consultei minha vó a respeito. Ela é meio bruxa e sabe de tudo um pouco. Ela achou melhor devolver, "os mortos também gostam de respeito", e ainda me ensinou uma palavra linda, "é preciso reverenciar". Chamei o Tomás para a gente devolver. Amanhã bem cedo a gente vai lá.

27 DE FEVEREIRO

Devolvemos o girassol. Encontramos seu Gileno lá, ele é o coveiro mais antigo da cidade. Eu o respeito muito, porque uma vez ele bateu no seu Abel.

Acho engraçado porque seu Gileno tem um álbum com figurinhas dos mortos. Seu Gileno coleciona os santinhos distribuídos nos enterros lá do cemitério, é um álbum de figurinhas de gente morta, com data e causa da morte de cada defunto. Já contam mais de duzentos em sua coleção. Uma vez, ele me disse que algo estranhíssimo aconteceu: deu figurinha repetida, como se o mesmo morto tivesse morrido mais de uma vez. E me mostrou no álbum as duas fotos do defunto, eram iguais! Seu Gileno também é humilde e generoso, é com carinho que joga por cima do morto sua última pá de terra. Quando a gente saiu, eu falei: "Tenha um bom dia, seu Gileno". Ele respondeu, tirando seu boné: "Um bom dia para vocês também". Eu disse para Tomás, cheia de amor: "Quando eu morrer, quero que o seu Gileno me enterre".

28 DE FEVEREIRO

Visitar cemitério sempre me dá uns sonhos aumentados. Sonhei que eu era como o imperador Adriano, as coisas do céu me encantavam. De repente eu via cometas, diademas de cores estourando na escuridão, estrelas nascidas muito além da minha imaginação. Mas de todas as coisas era ela, a lua, a grande rainha, era ela que eu queria. De tanto querer, comecei a uivar e uivei a noite inteira em sonho. Acordei zonza, com a cabeça cheia de lobos.

4 de março

As aulas começaram hoje. Tomás me deu um lápis amarelo de presente. Eu quis dar algo de presente para ele também, então falei: "Escolhe alguma coisa do mundo que eu te dou". Ele riu. Tomás gosta muito de rir. "Qualquer coisa? Mas não é você quem sempre diz para a gente não dar muito horizonte aos desejos de uma pessoa?" Bem... sim... sempre digo isso, porque sei muito bem que nosso coração é guloso e não se conforma com pouca coisa, então é melhor a gente não confiar tanto numa pessoa. Mas Tomás é diferente, eu expliquei: "Em você vou confiar, sei que vai ponderar". Pois bem, ele falou: "Vou querer um cacho de abelhas". "Pronto. O primeiro cacho de abelhas que a gente encontrar será seu", respondi. Tomás riu outra vez: "Você pensa mesmo que é a dona do mundo".

5 de março

Hoje foi aniversário de tia Lurdinha. A gente fez um bolo para ela. Tia Lurdinha é a pessoa mais doce que pode existir. Duvido que alguém seja mais doce do que ela, nem mesmo meu vô e minha vó. Tia Lurdinha faz a melhor merenda, a hora do recreio é arte das mãos dela, desconfio que as pencas de bananas e de todas as frutas que alimentam também, toda coisa viva que brota e nasce bem capaz de ser obra de suas mãos, porque tia Lurdinha tem o dom de alimentar. Quando a gente não vai para a escola, é daquele gosto bom de sua merenda que sente mais falta. Todo dia ela toca o sino nove e meia da manhã. É o sino dos anjos, tem dia que sinto ele tão fundo que parece tocar no meu coração. Tia Lurdinha gosta muito de variar, faz macarrão com salsicha, faz bolinho de almôndegas com pão, faz biscoitinhos de polvilho com suco de maracujá. O que suas mãos de anjo tocam vira alimento pra alguém. A gente faz muita confusão na fila do recreio, todo mundo querendo sempre mais. Tia Lurdinha é pacienciosa, ajeita a touca e o avental, põe as mãos na cintura redonda e fala: "Na minha cantina não falta comida não". Quando ela fala "minha cantina" dá pra ver nos olhos dela, no rosto e na boca... dá pra ver que ela tá mesmo é dizendo "no meu coração não falta comida não". E logo serve esse coração no bandejão, a gente alvoroçado metendo a mão, todo mundo querendo um pedaço. A gente come e se lambuza como se a tia Lurdinha se servisse inteira para matar a fome do bando de criança faminta que a gente é.

Hoje ela completou cinquenta e cinco anos, a gente combinou uma surpresa, tia Odalina ajudou. Preparamos um bolo com glacê pra ela e na hora do recreio a gente cantou:

Alecrim, alecrim dourado
Que nasceu no campo
Sem ser semeado
Foi meu amor
Que me disse assim
Que a flor do campo é o alecrim

Tia Lurdinha chorou, as lágrimas caíam de seus olhos feito aguinha que brota da mina. Falou toda comovida: "É a primeira vez que eu ganho uma festa de aniversário". Todo mundo abraçou ela. E eu estava tão perto da tia Lurdinha como nunca estive de uma pessoa, senti o cheiro de manteiga e alho, de açúcar e café, senti o cheiro entre as dobrinhas do braço dela. Tia Lurdinha tem um cheiro forte de gente, como meter a cara na terra e cheirar até o fim. Se eu pudesse, guardava tia Lurdinha num pote de cristal. Ela é a pessoa mais doce que eu já vi. Tia Lurdinha, obrigada por não deixar suas crianças com fome. Em agradecimento, hoje à noite eu dou o mundo todo de presente para você.

6 DE MARÇO

Hoje esperei acordada e vi o sol nascer.

7 DE MARÇO

Fiquei acordada para ver o sol nascer outra vez. Cochilei na escola bem no meio da aula de matemática. Tia Cacilda deu bronca, ela é muito séria. Mas eu disse: "Tia Cacilda, eu viciei". "Viciou em que, menina?", ela perguntou. "Viciei em ver o sol nascer."

8 DE MARÇO

Tia Cacilda me colocou de castigo. Tudo começou porque Tomás me deu um álbum de figurinhas. Levei o álbum hoje para a escola. Ele me deu também uns pacotes com figurinhas, a maioria repetidas, então anunciei na sala que estava disposta a trocar. Felipe e Adelina quiseram trocar. Eu disse: "Essa do Mussum eu já tenho duas, posso trocar por uma do Didi, você quer?" Adelina falou assim: "Ah! do Mussum eu não quero não". Adelina falou com cara de nojo, ela é assim meio nojenta às vezes. Eu perguntei por que ela não queria. "Mussum eu não gosto não, ele parece um toco de carvão", ela respondeu. Não prestou! "Adelina, você está por um fio na minha mão." Ela ficou gritando "Mussum eu não gosto não!" Parti pra cima da menina, voei nos seus cabelos, arranhei a cara dela. Esse fogo em mim, esse vulcão não sei de onde vem. Adelina gritou, chorou. Tia Cacilda separou a gente. Ficou gritando que parecíamos caranguejos numa corda, difícil de separar. Guardou o álbum de figurinhas, disse que não vai devolver. Avisou que estou de suspensão, não posso ir às aulas dela por uma semana. Nem gosto de matemática mesmo. Mas o vô ficou incomodado, falou pra mim: "Que que há com você, você não é assim". Expliquei pra ele: "Ela xingou o Mussum, vô, e xingar ele é a mesma coisa que xingar o senhor". Ele ficou calado, um pouco tristonho passou a mão em minha cabeça, disse só assim: "O mundo é um lugar cheio de defeitos, minha flor, você vai precisar aprender a sobreviver".

10 DE MARÇO

Hoje o vô e eu passamos a tarde vendo Os Trapalhões. O vô fala que o Mussum foi o maior comediante do Brasil, eu concordo. Antigamente eu não gostava dos domingos, porque era um dia triste. Mas isso mudou. Hoje o vô me buscou na saída do catecismo. Eu não gosto do catecismo, mas faço porque a vó pediu e às vezes a gente faz o que não gosta só para aprender o outro caminho. O vô comprou pipoca e a gente ficou sentado no banquinho da praça, olhando o sino da igreja. Os passarinhos arribavam lá de cima. O ponteiro do relógio da Igreja da Matriz girava preguiçoso enquanto o vô balançava as pernas olhando sem parar o céu. Os olhos do vô parecem ter um vício, são olhos viciados em ver. O domingo tão bonito, um cheiro de fumo de rolo, a barba branca do vô. De vez em quando, a vida parece acontecer em modos de sonho.

11 DE MARÇO

Tivemos aula de ciências. Tia Rita levou nossa turma até o jardim da escola. É um jardinzinho simples, com pouquíssimas flores e uma grande mangueira. Ali na sombra ela explicou a tarefa: "Vamos precisar capturar borboletas". Tomás segurou minha mão apertado. Ele entendeu antes de mim. "Capturar borboletas pra quê?", perguntei toda inocente de mim. "Vamos aprender a dissecar e a categorizar insetos." Ela abriu uma enorme folha de papel madeira com imagens de borboletas e várias frases que ela leu:

"As borboletas, panapanás ou panapanãs são insetos da ordem Lepidoptera classificados nas super famílias Hesperioidea e Papilionoidea, que constituem o grupo informal 'Rhopalocera'. Como outros insectos de holometabolismo, o seu ciclo de vida consiste em quatro fases: ovo, larva, pupa e imago."

A magia do que ela explicava era realmente atraente, mas eu ainda não estava entendendo. "Capturar borboletas para que?" Ela então explicou: "Vamos aprender a dissecar, eu já disse. Agora atenção! Cada um encontre sua borboleta".

Eu estava gelada. Se eu mesma recusei certa vez uma nuvem de borboletas por temer minha ambição, imagine ter de dissecar uma na palma de minha mão! Mas obedeci. Às vezes eu faço o que não gosto para aprender o outro caminho. E que caminho horrível aprendi. Com a ajuda de Tomás, saí pelo jardim procurando a bichinha que seria minha vítima. Não demorou muito, porque, mesmo num jardim tão pobrinho como o da nossa escola, as borboletas pousam e brincam sem saber o mal que ronda. Não foi difícil. Passou por ali uma borboletinha amarela brincando ao redor da mangueira. Eu disse: "Fica quieto, Tomás, vou pegar ela". Tomás entrou em estado de pedra. Me agachei e num susto apanhei a borboleta. Senti as asinhas batendo, queimavam de medo em minhas mãos. Mas fui forte. "Vem cá, Tomás." Ele se desvirou de pedra, parecia agora um camaleão. "Agora você precisa matar ela", ele disse. Tremi. "Como se mata uma borboleta?" Tomás confessou: "Sei não". Então, tia Rita explicou: "Você precisa asfixiar ela assim, ó", e fez o gesto com a mão. Fechei os olhos e, com as pontinhas dos dedos, eu asfixiei a borboleta. Tia Rita aplaudiu: "Muito bem, agora você vai dissecá-la". No fim da aula, a gente apresentou:

Reino: Animalia
Filo: Arthropoda
Classe: Insecta
Ordem: Lepidoptera
Família: Pieridae
Espécie: *Phoebis philea philea*

Senti certo alívio porque não me deu prazer nenhum matar. Foi difícil conhecer o caminho, mas me sinto mais pura. Sei que jamais vou esquecer. O vô disse que é bom a gente lembrar, mas sempre aprendendo a se perdoar. Eu me perdoo e perdoo você, borboleta. Perdoo a vida também por ser cheia de defeitos.

12 DE MARÇO

Hoje eu vi Adelina chorar. Desde o dia que bati nela não quero conversa, sou imperiosa e cismo fácil das pessoas que me ofendem. Mas acontece que meu coração também é mole feito água e sou capaz de me comover até com as pedras. Eu perguntei por que ela estava chorando. Adelina olhou pra mim e não falou nada, mas eu sei muito bem, eu não esqueci aquele dia na casa de seu Abel. Falei assim para ela: "Adelina, segredo é feito joia da pessoa, a gente não pode roubar. Mas se quiser você pode me contar". Ela saiu brava comigo. Me deu muita gastura na cabeça ficar imaginando o que se passa em seu coração.

14 DE MARÇO

Ontem Tomás e eu arrancamos meu último dente de leite. O vô sempre arrancou meus dentes, enlaçava eles com uma linha e puxava sem dó. Mas esse último dente amoleceu de surpresa, eu nem sabia que ele ainda estava aqui. Faz dias brincava com ele mexendo com a ponta da língua, é tão divertido coisa pendurada na boca prestes a cair. Mas ontem já começava a doer, o dente já roxeando.

Pedi: "Tomás, me ajuda a puxar?". Tomás tem gastura de sangue, ajudou sem querer. Falei pra ele: "Eu enlaço e você puxa a linha". Ele não quis. "Arre! Tomás. Então faz assim... eu enlaço, você amarra a linha na porta e bate com força." Ele puxou um fio comprido, eu dei um nozinho. "Agora bate a porta ligeiro, Tomás!" Ele bateu a porta, o dente escapuliu. "Cadê o dente, Tomás?" A gente saiu catando pela casa. "Achei!", ele gritou me entregando o dente meladinho de sangue. Este eu vou guardar para sempre. Vou guardar com carinho esse pedacinho de mim.

15 DE MARÇO

Peguei piolho outra vez. Como tenho a cabeça quente, a coceira dos últimos dias não pareceu coisa estranha, ando contrariada com a situação de Adelina e outras coisas muito soltas dentro de mim. Por conta de ser cheia de pensamentos, minha cabeça é inquieta e parece mais um ninho de marimbondos. Mas hoje, quando voltei da escola, a vó gritou: "É piolho outra vez!" Isso porque ela mesma viu com aquelas lentes de morcega dela um piolhinho passeando na minha testa. A vó sempre cuidou do meu cabelo, ela que me trança ou faz coquinhos prendendo o ramo de cachos bem no topo da minha cabeça, me chama de coqueirinho. Ela que sempre matou na unha os piolhos, mas dessa vez o vô trouxe um frasco com um líquido fedorento, parecendo formol. "Bota na cabeça dela que os piolhos morre tudinho." Saí correndo, imagine eu com essa cabeça de fogo usar formol. A vó me aconselhou: "É melhor do que empestear a cabeça todinha, minha flor". Como não tive escolha, deixei. Ela lavou minha cabeça e amarrou um pano. Um por um, senti os piolhos morrer, como pipocas estourando ao contrário em cima de mim. Morriam e despencavam da minha cabeça feito chuvisco depois que a vó tirou o pano, ela parecia não acreditar: "Quanto piolho junto, meu Deus!" O vô pegou a lupa dele e chegou perto para ver. "Essa menina parece um ninho de formiga." Peguei zanga. "Piolho não é formiga, vô. Essa porra coça!"

Hoje foi a segunda vez que apanhei do vô.

16 DE MARÇO

Hoje meu relógio está muito sentimental e um milênio é pouco para o tempo que meu coração deseja bater.

17 DE MARÇO

Peguei briga com os moleques da rua. Não aguentam perder. Adelina, Zilá e eu ganhamos a partida. O domingo estava lindo para a gente vencer, havia um sol inteiro sobre a rua, uns cachorrinhos brincando na pracinha e os passarinhos cantando. A bola foi Dante quem levou. Ordenou, imperioso, “Meninas contra meninos!” Tá bem, a gente aceitou. Mas aí o time deles começou a perder. Mas também... três pernas finas, canelinhas de sabiá, perdem mais tempo com xingos contra a gente do que aprendendo a jogar. Gritei: “Oh, Dante, gol é gol”. Ele não aceitou, disse que a gente roubou. Roubar como, se meu chute mirou no gol? É que nem dizer que o sol roubou da lua seu lugar. Mas eles não aceitaram, continuaram xingando a gente. Dante com aquele jeito burro, Daniel acertando pedras em mim: “Você vai ver, sua piolhenta”. Aí não prestou! Eu larguei a bola, gritei: “Vou te matar!” Mas Daniel é medroso que nem um periquito de gaiola. Voou para longe.

19 DE MARÇO

As pessoas sabem mesmo machucar. Uma vez ouvi o vô dizer que o coração humano é um buraco cheio de áspides. Aprendi no dicionário que áspide é cobra. Verdade profunda essa do vô. Ainda não tive coragem de contar pra ele o que aconteceu, mas acho que a vó, sendo bruxa, já percebeu os buracos na minha cabeça, os tufos de cabelo faltando. Obra de Dante mais o Daniel que me pegaram na saída da escola. A covardia é um gesto sem honra, o vô sempre diz. Puxaram meu cabelo, Dante foi cortando com um estilete, eu parecia uma planta cheia de flor. E eu vi minhas flores no chão, como se eu fosse o outono e não a primavera. Até lutei, porque eu não entrego as coisas fácil não, sou mesmo de brigar. Mas eram dois contra mim. É como eu disse, a covardia é gesto sem honra. Saíram gritando: “Pra você aprender, piolhenta nojenta”. Não aceitaram perder. Recolhi os tufos, flores que minha mãe me plantou e a vó regou. Hoje conseguiram me fazer murchar, deve ser assim outonar. Mas tudo bem. Tenho jeito para primavera e não demora para minha cabeça florescer outra vez. O problema é que em mim as coisas muito se misturam, frio e calor. E estou agora num inferno entre tristeza e querer me vingar.

22 DE MARÇO

Ontem fui ver Olímpia. Mostrei para ela os buracos na minha cabeça, contei sobre Dante e Daniel. Ela e eu somos muito amigas. Olímpia, quando conversa comigo, é igual seu Manoel, me trata feito gente, não despreza a pessoa que vive em mim. Não tem medo de falar, sua língua é um pouco quente como a minha. Boca de fogo, a vó diz. Olímpia mora no Bar da Curva, um cabaré disfarçado de bar. O vô nunca me deixou entrar lá, mas eu já entrei, vou muito lá desde o dia que conheci Olímpia.

A primeira vez pedi a Tomás para me levar lá. Ele ficou todo sem jeito, falou que no Bar da Curva só dá coisa que não presta, só dá mesmo uns ébrios que gostam de beber e bater em mulher. Insisti. Eu morria de tanta curiosidade, era como uma cobra se mexendo dentro de mim, minha imaginação pintando figuras como num sonho, eu queria me aventurar entre os homens, sentir o cheiro dos ébrios e das moças putas, ouvir os palavrões que soltavam que nem cusparadas. "Vamos lá, Tomás, eu quero ver." Insisti tanto que ele não aguentou, me levou.

Pedalamos até o Bar da Curva, um boteco todo fodido. Uns ébrios na frente bebendo cerveja quente, uns cachorros mijando ao redor, tudo meio capenga e pobre, bem diferente da minha imaginação. Entrei, fingi que queria comprar um guaraná. Tocava um bolero muito parecido com as músicas do vô. Um velho com cheiro de fumo me olhou e perguntou: "O que você quer aqui?". Eu, toda imperiosa, respondi: "Quero ver o que tem lá atrás". O velho inchou de raiva, mas aí Olímpia entrou. Usava uns grampos nos cabelos, muitos anéis, tantos que quase fiquei cega de tanta luz em meus olhos quando ela apareceu. Olhou para mim, eu olhei para ela. E foi ali que eu amei Olímpia, entrei no coração dela. Ela perguntou: "Quer um gole?", e levantou o copo de cerveja quente. Não aceitei, "posso não", disfarcei. Ela soltou uma gargalhada que mais pareceu uma bola de pingue-pongue saindo da boca dela, indo parar bem nos meus pés. Olhei para baixo, queria pegar a bolinha, brincar com ela. Olímpia andou um pouco, chegou perto de mim. Falou que ali não era lugar para uma menina esperta como eu, que só ébrios e putas ficavam ali. Quando ela falou a palavra puta, meu coração quase escapou, tive de segurar. Ela deu outra gargalhada. Saiu para fumar, eu fui junto, Tomás já apressado de tanto esperar. Achei lindo ver Olímpia fumar, queria imitar, mas ela me deu um empurrão. Depois foi gentil, me pediu para ficar, queria conversar comigo, queria saber meu nome, onde eu morava, quem era aquele menino magricela. "Aquele ali é Tomás", respondi. Ela logo gostou de mim, disse assim: "Você até que é fácil de gostar". Ficamos amigas. Sempre que vou lá, Olímpia me fala de seus homens, não tem medo de me contar. Ela me trata como uma pessoa, as palavras se derramam da sua boca como café sem coador.

Esses dias ela anda muito ferida. Ontem conversamos, ela desabafou. Eu me assustei, perguntei se eu poderia ajudar. "A ferida está bem aqui", ela falou com o dedo apontando o coração, e fez um silêncio de pessoa que morre sozinha, eu ali vendo o coração dela apagar. Mas depois mudou de assunto, falou com a boca úmida de lodo que nunca mais fode com seu Abel, que nunca mais trepa com ele, nunca mais dá pra ele. Só de ouvir aquele nome me deu um amargo na boca, então eu disse para ela: "Coisas desse homem eu não quero ouvir". Mas Olímpia às vezes é imperiosa, mandona: "Problema seu, me deixa falar". Não gosto de obedecer assim, mas só porque vi Olímpia machucada eu deixei ela me contar. "Aquele homem só sabe foder batendo na gente", ela falou, "pensa que puta não tem valor, já disse que faço tudo, tudinho, até meu cu eu dou, mas apanhar de homem porco não". Eu ouvia tudo aquilo calada, pois a vó uma vez disse que às vezes uma pessoa precisa desabafar, que guardamos muitas peçonhas, muitos venenos em nós, é preciso cuspir, vomitar.

Olímpia estava muito triste com aqueles olhos de cachorra sozinha. Eu anotava cada palavra no meu coração, até os palavrões, porque palavra suja é boa demais para a gente guardar. E foram muitas as vezes que ela falou a palavra apanhar, apanhar, apanhar. Estava cansada, farta de tanto apanhar. Perguntei: "Olímpia, qual o seu medo mais secreto?" Ela deu uma risadinha. Tão bonita Olímpia quando ri, parece que tem o sol dentro dos olhos. Mas não respondeu. Ficou ali parada, olhando pra mim. Eu podia sentir o coração dela, um pintinho dentro do ovo querendo sair.

Ela mudou de assunto, perguntou se eu deixava ela me pintar. Deixei porque senti que ela precisava de uma boneca para brincar. Pegou seu estojo de maquiagem, pintou meus olhos, minhas bochechas, melou minha boca de carmim. Colocou umas tiaras na minha cabeça, umas pulseiras que pareciam bambolês nos meus braços finos. Ficava repetindo: "Não seja assim tão sem jeito, menina, tem de se enfeitar mais para não ficar parecendo essa coisinha mirrada, essa coisinha magricela, nem peito tem, só uns montículos pontudinhos. Vem, deixa eu te pintar mais, deixa eu passar esmalte em você. Um dia você vai gostar muito, vai querer ficar ébria de tanto foder". Olímpia pintava minhas unhas, ria muito, mas chorava tanto, eram tantas as suas lágrimas, meu Deus!, que deu vontade de dizer: "Ei, Olímpia, deixa eu cuidar de você". Depois ela me limpou, a vó iria me matar se eu chegasse toda pintada em casa.

Montei em minha bicicleta e deixei Olímpia na janela com seu cigarro, seus olhos de cachorra sozinha. Meu Deus, como pode uma pessoa ser tão ferida assim?

24 DE MARÇO

Foi uma semana agitada, até parece que meti a mão num cacho de marimbondos. Levei umas ferroadas, às vezes ser ferido ensina a gente a ter cuidado e não ferir. Eu mesma quis me vingar pelas flores que me levaram dos cabelos. Mas passou, contei pra tia Odalina e ela deu uma suspensão nos dois. Tia Odalina é nossa professora de português e diretora da nossa escola. Acontece que passei dias tramando um jeito de me vingar, minha cabeça fazendo teias, que sou uma aranha quando me ponho a tramar coisas. Mas então veio o problema com Olímpia, não paro de lembrar dos seus olhos de cachorra sozinha. Como se fosse pouco, tem o problema de Adelina. Tentei não me envolver, peguei cisma dela desde o dia em que xingou Mussum de toco de carvão. Mas quando eu entro num coração, não consigo sair, quero mesmo é ficar, morar. Adelina virou para mim um compromisso, como posso esquecer, abandonar? Eu estava sentada, desenhando dos dois com a ponta do lápis, pegando fogo de tanta raiva deles, quando Adelina apareceu.

Ela falou: "A gente pode conversar?" Respondi: "Depende, você vai me contar?" Ela contou. Ah, diário, é como a vó diz, é preciso ter estômago para engolir a lama do mundo. Adelina me contou as coisas que seu Abel fez com ela da última vez que precisou levar umas camisas dele que a mãe dela costurou. Adelina ajuda sua mãe que também faz uns bicos de costura para fora. Ela me disse que faz muito tempo que seu Abel ronda que nem abelha em volta do mel. Ou melhor, como urubu querendo vísceras, querendo devorar. Não sei como aguentei escutar as coisas que ela falou, é preciso ter um coração de aço para não sufocar, porque algumas vezes as coisas acontecem e parecem inventadas como num filme de terror.

A vó sempre me ensina "aguenta firme, sustenta teu coração, meu amor". Vi nos olhos daquela menina uma água cheia de lodo, uma água suja que precisava brotar. Ela deixou a água derramar, contou que seu Abel faz ela entrar, fecha a porta e então tudo começa. Falei para Adelina: "Parece uma sessão de tortura isso que você me contou". E é. Adelina disse que seu Abel põe ela no colo, os dedos dele rápidos feito línguas de serpente. Ela, tadinha, apaga, seu corpo desliga, morre para não sentir. Meu coração ficou preso na goela, quis muito gritar, contar para alguém. Mas Adelina está muito assustada, jurou nunca mais falar comigo se eu contar seu segredo. Não sei o que fazer, tenho ensaiado muitos jeitos de contar para a vó, pedir ajuda ao meu avô. Muitas vezes, guardar o segredo de alguém pode ser uma joia, mas também um espinho. Como tiro de mim esse espinho sem sangrar, sem eu mesma morrer um pouquinho? Devo falar?

25 DE MARÇO

Meus olhos estão fundos. Tive pesadelos a noite inteira. Sonhei com a Santa Luzia pregada na parede de seu Abel. Ela vê tudo, viu o que ele fez com Adelina. Tenho ódio daquela santa, fica ali parada e nada faz. Por que não defendeu Adelina dos dedos de seu Abel? No sonho, eu arrancava os olhos da santa e colocava eles nos olhos do vô, da vó, do pai e da mãe de Adelina, nos olhos de todo mundo e todo mundo então começava a ver. Acordei de pires na mão, suplicando para que alguém veja as coisas que seu Abel fez. Mas esse povo tem olhos e não vê.

26 DE MARÇO

Adelina disse que a mãe dela mandou levar umas calças na casa de seu Abel. Perguntei quando ela ia. "Hoje de tarde", ela respondeu. Ponderei. Pensei muito em Olímpia, Adelina e ela parecendo uma pessoa só. E como se o espírito da vó sentasse no meu lugar, puxei Adelina pela mão: "Se você quiser, a gente vai juntas lá". Na hora marcada, passei na casa dela, fomos as duas. Seu Abel, quando abriu a porta, não gostou de me ver junto. "Você eu não deixo entrar", falou me olhando com olhos de áspide. Imperiosa, respondi: "A mãe dela disse para eu entrar também". Seu Abel escarrou no chão. "Um dia eu ainda pego você, moleca!" Pegou o pacote com as calças, deu o dinheiro para Adelina e bateu a porta na nossa cara. Ela olhou para mim com olhos de passarinho. Eu agora sou o seu ninho, Adelina foi meu ato de amor da semana.

27 DE MARÇO

Adelina e eu descobrimos o mel uma da outra. Agora a gente até senta do mesmo lado na escola. Brincamos durante o recreio e eu ensinei pra ela assim:

Ba-ba-lu
Babalu é Califórnia
Califórnia é babalu
Estados Unidos
Balança o seu vestido
Pra frente
Pra trás
Balança um pouco mais

Ba-ba-lu
Fui à escola
Aprender o beabá
A danada da professora
Me ensinou a namorar

Sete e sete são 14
Com mais sete, 21
Tenho sete namorados
Só posso casar com 1

Fico boba como a gente pode descobrir que dentro de uma pessoa estão muitas. Adelina é assim.

29 de março

Hoje não fui para a escola. A vó investigou: "Sem febre, sem dor, que é que essa menina tem?" O vô chamou dona Bilu para me rezar. Ela falou: "Botaram olhado nessa menina". Dona Bilu é sapiente, sabe ver sem olhar, é cega de um olho, o outro também quase não vê. Mas parece até que tem olhos dentro de seu coração.

Uma vez a vó me levou em casa de dona Bilu, eu estava com as pernas papocadas de ferida. Dona Bilu então disse: "Pipoca de fogo, preciso tirar o quebranto". Pegou seu raminho de arruda e falou palavras tão bonitas, palavras tão encantadas que, meu Deus, eu quis chorar, e ela ali benzendo as minhas pipocas de fogo. É por isso que eu gosto tanto quando a vó me leva em casa de dona Bilu, gosto de ouvir ela falar aquelas palavras que saem dela como canções. Quando dona Bilu reza, parece até que está dizendo poemas para abençoar a gente, são pérolas que saem pulando de sua boca. Gosto do cheiro que vem da sua boca, é um cheiro de velha, um cheiro de terra molhada, um bafo de poço fundo. Como se dona Bilu fosse muito antiga, antiga como a vida, parece que ela engoliu a vida, mastigou, a vida criou raiz dentro de dona Bilu. Por isso a vó a chamou, pediu para me rezar. Ela veio aqui em casa, tocou em mim, parecia querer me desembrulhar. Passou seu polegar em minha testa, sou fraca para mistérios, perto de dona Bilu eu me deixo sonhar. Ela bateu um raminho de arruda com água e mel em mim. Quase caio de tanta emoção. Confio em dona Bilu, ela é irmã do seu Gileno, juntos são as duas pessoas mais velhas da cidade. Dona Bilu veio, disse as palavras, rezou em mim. Mas não sei se dessa vez adiantou. Eu só quero chorar, mas chorar pelo que, se nada me dói?

30 DE MARÇO

Hoje saiu sangue de mim. A vó, toda comedida, falou: "Agora quem cuida de suas calcinhas é você". Corri para contar a Olímpia. Fumando e bebendo cerveja, ela falou: "Você parece comigo. Vem cá, chega perto para a gente ver. Taí, igualzinha, meio metro a menos. Vou te dar um conselho", ficou séria de repente, "Não deixe porco nenhum passar a mão em você". Prometi para ela, para Olímpia sou capaz de prometer qualquer coisa. "Agora vai deixar de ser essa coisinha sem jeito", ela deu uma golada em sua cerveja e gargalhou. Olímpia cobre seu rosto de muitas risadas e é tão bonita quando ri. Mas dá para ver que tem uma pessoa muito triste dentro dela.

2 DE ABRIL

Hoje não tivemos aula na escola. A cidade está parada em moscas por conta do que fizeram com a irmã de tia Odalina. Houve uma confusão na porta da delegacia, Adelina, Tomás e eu fomos lá ver, mas não deixaram as crianças entrar. Tia Odalina estava chorando, entrou carregando a irmã nos braços. A moça estava toda roxa, parecia mais uma boneca estragada. Tomás falou: "Melhor não olhar". Respondi: "Vou olhar sim", porque eu às vezes gosto de olhar bem de perto uma coisa só, para não esquecer de sonhar. Mas nesse caso olhar fez eu sentir enjoo.

Coitadinha da irmã de tia Odalina. "Quem será que fez isso com ela?", Adelina perguntou. Escutei quando o polícia disse: "Vamos achar quem a estuprou". A palavra entrou em mim de um jeito muito forte, feito uma lança que me atravessou. Eu não sabia o que queria dizer, mas dava pra sentir a dor. Perguntei pro vô o que tinha acontecido. Ele explicou. "Vô, o mundo às vezes parece inventado. Inventado igual a um filme de terror."

4 DE ABRIL

Hoje passei muito tempo na biblioteca da escola. É uma sala apertadinha com uma estante cheia de livros, gibis, almanaques e enciclopédias. Gosto de ir para lá ficar sozinha. Os livros são meus amigos, me ajudam a melhorar quando estou triste. Às vezes gosto de entrar em estado de planta aquática, fico por horas boiando sobre meus próprios pensamentos. Gosto também de girar o globo terrestre que fica em cima da mesa, faço isso e imagino as partes do mundo que um dia vou visitar, giro o globo e, com a ponta do dedo, paro escolhendo o lugar. Zâmbia, Maputo, Bagdá. Me sinto poderosa, sinto que posso escolher.

Tia Odalina gosta de me dar algumas indicações de livros, mas, como ela ainda não voltou para a escola, por conta da maldade que fizeram com sua irmã, tive que escolher sozinha mesmo. Comecei a ler *As mil e uma noites*. Consegui ler sessenta páginas durante a manhã. Sherazade é o tipo de mulher que eu gostaria de ser, tem a língua perigosa, capaz de criar mundos, tem a cabeça cheia de horizonte, não sente medo de inventar. Contei para o Tomás e ele falou: "Minha Sherazade é você".

5 DE ABRIL

Estou com muito sono. Trouxe *As mil e uma noites* para ler em casa e não descolei os olhos do livro, até parece que meu coração está batendo dentro dele. Sherazade é minha nova inspiração de vida.

6 DE ABRIL

Atacaram ele com chutes, sopapos e pauladas. As velhinhas da rua gritavam das janelas: "Já chega. Oh! pelo amor de Nossa Senhora!". Elas clamam sempre por uma mãe porque parece ser o único amor que dá certo, mas os chutes continuaram, os chutes não iriam parar. Sofri. Desejei que um dia eles fossem espancados assim também, que sentissem na pele aquela dor. Fossem julgados e tivessem a vida pesada na justa balança de Maat, a deusa egípcia da verdade, bem como tia Clécia ensinou. Teriam eles o coração mais leve do que uma pluma?

Mas eu mesma já estava com o coração muito pesado, gorduroso de culpa. Ano passado Tomás me chamou para fazer parte da brincadeira também. Cada um arrumou uma peça de roupa velha: uma calça jeans, uma camisa de botão, um par de tênis, um boné. Emendamos uma peça na outra com fita crepe e enchemos com folha de jornal até o boneco ganhar uma falsa carne, parecendo um corpo humano prestes a ser queimado. Recheamos um saco e desenhamos dois olhos esbugalhados, atordoados, desvairados, olhos traidores, colocamos muito medo naqueles olhos. Ainda fiz um coração com papel camurça e colei bem no meio do peito dele por cima da blusa do Vasco, blusa velha do pai de Tomás.

Preparar aquele corpo para a morte deixou todos nós muito alegres, pois a gente ia vingar o filho de Maria. Caprichamos. Depois de pronto, penduramos o Judas no coreto da pracinha. Feio, desgracioso, a cabeça mole envolvida por um boné velho que pedi ao vô, os braços molengas, o corpo preso sem nenhuma chance de fuga. Dançamos e gritamos para o Judas lá, pendurado, entregue à sua própria sorte. Queríamos fazer ele pagar por seus pecados. Éramos soldadinhos de coisa nenhuma, justiceiros de nada.

Colocamos fogo no boneco. O cheiro da carne de papel queimando fazia a gente gritar. Pingos de fogo explodiam como vaga-lumes. Aos poucos a chama devorava pés, pernas, barriga, até chegar ao coração de camurça e derretê-lo inteirinho. Por último, o fogo comeu o pescoço e fez cair de vez a cabeça. Dançamos em volta daquela cabeça até não restar mais nada, até restar apenas um restinho de fumaça preta.

E é por ter vivido isso que às vezes não sei como tomar partido, fico presa no que tia Odalina chama de bifurcação, porque, enquanto os meninos da rua malhavam o Judas hoje, eu queria e não. Mas aí a tia Azul, que é muito sapiente, me acalmou. Citou um profeta que ela leu: "Deus te joga de um sentimento ao outro e te ensina por meio dos opostos, de modo que terás duas asas para voar, não uma".

7 DE ABRIL

O circo chegou à nossa cidade. A enorme e colorida lona com suas estrelas bordadas parece a Via Láctea, parece até um sonho. Durante o dia, os animais ficam expostos na praça. Numa jaula enorme, eles colocaram um leão e uma leoa. Hoje foi a primeira vez que vi pessoalmente as feras que eu só conhecia dos livros, da televisão e dos meus sonhos.

Começaram a montar tudo hoje. Tomás, Adelina e eu fomos espiar. É como se uma trupe mágica, vinda de outro planeta, tivesse pousado na nossa pracinha. Pousaram com seus seres encantados de cara pintada, roupas coloridas, farrapos cheios de lantejoulas e animais fantásticos saídos todos de um mundo mitológico. Como se uma outra civilização tivesse aterrissado bem aqui. Comecei logo a fingir que eu era uma princesa de grandes impérios reencontrando meus animais de poder. Tinha a sensação de ser capaz de tocar o sol sem medo de me queimar. Eu queria me aproximar, tocar as grades que guardavam as feras. Deitadas com tranquilidade, balançavam a cauda, lambendo suas enormes patas. O leão com seu pelo dourado, a juba enorme, a leoa com seus dentes afiados. Bocejavam abrindo enormes bocas, pareciam querer comer o mundo. Senti dó. A jaula não pode ser lugar para animais tão lindos. Olhar para eles fazia eu me sentir no paraíso, só que por fora.

Foi então que um rapaz, funcionário do circo, se aproximou com um balde cheio de carne. Atirou grossos pedaços que ainda pingavam sangue. As feras ficaram doidas pelo cheiro forte da comida, rugiram, espantando todo mundo ao redor. Estraçalharam os retalhos de carne num minuto, e me vi sendo devorada inteira. Eu não podia me iludir mais. Onde há magia, há horror. Saí correndo apavorada, meu coração solto, tal qual uma pedra num copo. Vim para casa, contei tudo para o vô e para a vó. Acredito que hoje tive um dos maiores sustos da minha vida. Mas um susto assim às vezes é bom, não deixa adormecer o coração.

8 DE ABRIL

Tia Odalina voltou hoje para a escola. Preparamos uma surpresa para ela, cantamos uma música e recitamos uns versos. Escolhi um verso que ela mesma me ensinou, o poeta se chama Virgílio. *Amor vincit ommnia*, que quer dizer: O amor vence todas as coisas. Ela chorou, mas sinto que foi de alegria.

9 DE ABRIL

Hoje o vô comprou um caminhão. Disse que é para a gente poder passear, falou que sábado vai levar a gente para tomar banho de rio. A vó está muito zangada, ela acha que o vô tem cabeça de menino e não sabe o jeito certo de gastar dinheiro: "Para que um caminhão, me diga, meu amor?" O vô se aproveitou, pegou pelo rabo da palavra amor, chegou junto da vó, tirou o boné todo manhoso, que o vô quando quer sabe ser muito manhoso, e disse: "Ô, minha rainha! Deixa eu te dar um cheiro, deixa eu te chamar de minha flor". A vó pegou zanga, bateu nele com o pano de prato: "Xô, xô". Mas ficou rindo. A vó tem um jeito menina de ser.

10 DE ABRIL

Tive um sonho muito agitado. Eu via tudo pela primeira vez. Um resto de sol. Um chuvisco. Uma lágrima. Um olho. Um corpo no chão. Um amanhecer. Um grilo. Uma noite. Uma casinha bem no meio da noite. Um velório. Um dente. Uma boca inteira. Um pé. Um chão. Uma unha. Uma roda de carro. Um pé de vento. Um redemoinho. Um avião. Uma cor. Uma janela. Uma tramela. Uma mão de avó. Um marimbondo zunindo. Um violão. Um cachorro latindo. Uma folha caindo. Uma xícara sem asa. Uma chaleira com bico. Um cheiro de café. Um cheiro de pão. Uma sineta de leiteiro. Um frasco de xarope. Uma colher. Um caixão de porta. Uma aranha. Um fio. Um anzol. Um peixe. Um rio. Uma pedra. Acordei zonza, mareada, ébria de ver todas as coisas pela primeira vez. E eu queria pegar tudo na concha pequena de minhas mãos.

11 DE ABRIL

Tomás levou uma faca para a escola. Ninguém sabe, somente eu, porque ele confia em mim e me fez jurar. Eu só juro quando quero, então jurei. Perguntei: "Para que esta faca, Tomás?" Ele, todo inquieto, respondeu: "Um dia você vai saber". Eu amo Tomás, mas não gostei nada da situação. Avisei pra ele: "Cuidado! Mato você se você morrer".

12 DE ABRIL

Hoje tivemos aula de redação e a tia Odalina escreveu no quadro uns versos. Não decorei tudo, mas desses eu nunca vou esquecer. *Tal qual borboleta que se desprende em voo, tal qual bolha de sabão que se desprende, tal qual pétala que se abre em flor.* Meu Deus, como as palavras fazem coisas tão bonitas!

13 DE ABRIL

Foi o sábado mais lindo da minha vida. O vô levou a gente para tomar banho de rio, a vó preparou pão com goiabada e bolinhos de carne. O vô gritou da porta: "Sobe todo mundo!" A gente subiu, Adelina, Tomás e eu. A vó foi com ele na boleia do caminhão, a gente foi atrás, o caminhão tossia que nem um velho engasgado e a gente ia bamboleando em cima, as nuvens soltas no céu, o mato verde. O vô, com seu braço na janela, a vó cantando uma musiquinha para Senhora Sant'Ana, que a vó adora suas santas, é o tempo todo a cantarolar para elas, como se fossem suas irmãs. Tomás gritava: "Êh! vida boa". Adelina e eu rimos, achando Tomás muito bonito. "Senta aí, Tomás, senão você cai."

Foi quando eu vi. Quase chorei. "Olha lá, Tomás, olha lá, Adelina." O quê, o quê? Eles queriam saber. Apontei bem longe um arco-íris. O vô, então, gritou: "Mão na cabeça que vamos cruzar o arco-íris". Adelina disse que cruzar o arco-íris dá azar. "Azar nada", respondi, "do outro lado do arco-íris mora Maria". "Maria, mãe de Deus?", Tomás perguntou. "Ela mesma", respondi com meus olhos em puras gotas de lágrimas. O vô gritou: "Um, dois, três... fechem os olhos, vamos cruzar o arco-íris agora". A gente fechou. E eu senti meu corpo inteiro levantar, vi Maria, ela estava bem ali. De olhos bem fechados eu vi. Não contei para ninguém, só aqui. Quando abrimos os olhos, estávamos já do outro lado. Descemos do caminhão, abracei o vô, abracei com todo meu coração: "Obrigada, vô, hoje você me fez a pessoa mais feliz do mundo". O vô deu risada e disse: "O mundo é mágico, meu amor".

14 DE ABRIL

Não parei de pensar sobre ontem. Sonhei a noite inteira que estava no fundo de um pesadelo, precisava com urgência respirar. Mas era tão fundo o pesadelo, tão apertado aquele lugar. Acordei desesperada. Abri a janela do quarto, estendi os olhos e lá estavam, perfeitas, uma borboleta, uma pedrinha no chão e uma gota de chuva que morreu solitária sobre a pétala de uma flor. Meus olhos, ansiosos, meu coração batendo dentro deles, eu da janela conferi: as árvores silenciosas, a voz calma do ar. Senti alívio. Voltei a dormir. A beleza das coisas ainda estava ali.

16 DE ABRIL

Tomás e eu saímos para vender uns ovos. A mãe dele cria muitas galinhas, milhares de galinhas que dão milhares de ovos todos os dias. Tomás pediu minha ajuda, queria sair para vender, conseguir uma penca de dinheiro com os ovos. Pegamos carona na kombi de seu Manoel e fomos até o outro lado da cidade. A kombi já estava lotada, mas seu Manoel deu um jeito de nos encaixar, falou que sua kombi é feito casa de avó, sempre cabe mais um para entrar. Matematicamente, pensei, seria impossível caber mais alguém ali. Mas seu Manoel, coçando a cabeça por debaixo do boné, decidiu desafiar qualquer lei matemática ou de proporção. Pediu aos passageiros que se apertassem mais um pouco. Olímpia estava lá. Quando me viu, perguntou: "Vai passear?" Sorri para ela, que bateu nas coxas dizendo para eu sentar. Seu Manoel empurrou com jeito minha cabeça de modo a me encaixar. Olímpia colocou os braços em volta de mim, seu corpo quente, seu perfume enchendo a kombi. Olímpia tem um cheiro forte de leite de colônia e jasmim, um cheiro forte e doce.

Tomás carregava a sacola cheia de ovos, seu Manoel o ajudou a entrar, tentou encaixar Tomás, empurrou ele de um lado, depois do outro, fez alguns cálculos, seus olhos iam e vinham como duas bolinhas de pingue-pongue. Então me olhou e teve a ideia de me pedir que segurasse a sacola com os ovos, enfiaria Tomás lá no fundo, junto com uns caixotes. Lá do fundo, espremido, Tomás gritou: "Pelo amor de Deus, não vá deixar quebrar".

Seu Manoel ligou a chave. Apertada, a kombi tossia pela estrada, sacolejando enquanto a gente balançava. Lá fora, os campos verdes cheios de ipês, uma brisa com cheiro de mato e hortelã aliviava o cheiro doce e forte do perfume de Olímpia, que evolava pelas janelas da kombi. Sentada ali no colo dela, eu fingia estar sentada no colo de minha mãe, enquanto tentava, petrificada, proteger os ovos de Tomás. Eram como filhotinhos, e suas vidas dependiam de mim. Suei, gelei, o ar me faltou. Aqueles ovos tão frágeis precisavam da minha proteção.

Enquanto eu endurecia cada vez mais para proteger os ovos, seu Manoel gargalhava, suava, sacolejava e fazia todo mundo sacolejar junto. O cheiro de gente, suor, verduras, perfume doce e leite de rosas me fazia entontecer. Quando a kombi parou, seu Manoel foi ajudando a gente a descer. Tomás veio logo conferir os ovos, um a um. Nenhuma rachadura. Branquinhos e lisinhos, "um milagre da vida!", ele disse levantando um ovo que brilhava feito um sol. Desci da kombi toda dura, os braços e as pernas doendo como se me tivessem colocado placas de cimento dentro. Enfim, pude relaxar. Foi difícil, mas hoje aprendi a cuidar com minhas próprias mãos, e as coisas que aprendemos com as mãos não esquecemos jamais.

17 DE ABRIL

Hoje foi a maior confusão na escola. Estou de suspensão outra vez. Tia Cacilda não me quer nas aulas de matemática durante quatro dias. A gente estava brincando de forca e, nessa brincadeira, sou muito boa, porque sou feito Sherazade, uma encantadora de palavras. Brinco com elas como se brinca com serpentes. É que eu uso as palavras para viver. Por isso ganhei quase todas as rodadas. Tia Cacilda foi quem se meteu, mulher azeda, imperiosa. Falou assim: "Chega desse barulho, saiam daqui!" Então eu enfrentei: "Mas a senhora não manda aqui". A gente estava brincando no pátio da escola, nem era aula dela. Ela resmungou, falou que criança não tem querer, que nem gente criança é, ficou repetindo "chispem daqui". A gente imitou ela com a língua do pê: "Chispepem dapiquipi". Ela ficou muito brava, a cara toda melada de ódio. Engraçado como basta um fiapo para uma pessoa papocar todinha. Ela gritou "seus mal-educados". Respondi: "A senhora também nos tratou sem nenhuma educação. Acontece, tia Cacilda, que pimenta no cu dos outros é refresco". Ela agarrou meu braço, me levou até a sala de tia Odalina, que muito me considera, tem em alta conta minha sapiência e sabedoria. Mas não teve jeito, aceitou o pedido de tia Cacilda. Quatro dias sem aula de matemática. Eu não dou muita importância, pois nem gosto de matemática, mas acontece que semana que vem vai ter prova e não vou poder fazer. Contei para o vô e para a vó. Resultado: dois dias sem ver tevê. Eles disseram assim: "Dois dias sem ver tevê". Tem vezes que eu só me condeno por ter uma língua cheia de áspides.

18 DE ABRIL

O vô me levou em casa de seu Argílio. Ele tem uma coleção de pássaros. Eram tantas gaiolas penduradas com pássaros de toda cor dentro que mais parecia um museu. Fiquei tentada a abrir uma por uma, fazê-los todos arribarem como fiz com Tomás na feira das trocas uma vez. Mas o vô me pediu cautela, falou em meu ouvido: "Você não é a dona do mundo, minha flor". Ele fez isso com uma sapiência dura, senti como se as grades estivessem me prendendo a mim. E eu não suporto coisas presas. Eu disse ao vô, quando a gente voltou para casa: “Nunca mais quero ir lá”. Ele entendeu, falou assim: “Você precisa aprender também a se resignar”. Eu não pensei que fosse doer tanto me resignar da minha falta de poder sobre o mundo.

19 DE ABRIL

Acordei com muita dor, não consegui a resignação. Pedi ao vô: “Abre uma gaiola pra mim”. Ele logo entendeu, faz de tudo para não ver lágrimas derramando de mim. Buscou uma gaiola com um canário amarelinho dentro, falou assim: “Vai”, e abriu a portinha da gaiola. O passarinho voou, parecia uma pétala solta no ar. Foi um acontecimento mágico, como se o passarinho tivesse saído de dentro de mim. Doeu de alívio.

20 DE ABRIL

Anotações sobre pássaros:

Escrever o que um pássaro diria se falasse.

Rezar todas as manhãs para um pássaro.

Escrever um pássaro.

Achar nas palavras o longe de um pássaro.

Passarinho ou pássaro? Passarinho porque passarinho é criança.

21 DE ABRIL

O vô e eu pintamos a frente da casa toda de azul. Ele me chamou depois que cheguei do catecismo: “Bora pintar essa casa todinha!" O vô às vezes tem essas invenções, não se conforma muito tempo com as coisas do jeito que são. A vó estava sentada na cadeira de balanço, o chinelinho pendurando no pé: "Ô, meu bem, essa tinta vai dar?" O vô ponderou. A tinta estava pouca, resto que ele ganhou. Então decidimos pintar só a frente mesmo. Trabalhamos o domingo inteiro, a vó fazendo filé de frango frito para a gente lanchar. Com o pincel na mão, perguntei: "Vô, essa fachada vai ser céu ou mar?"

23 DE ABRIL

Hoje a vó e o vô passaram o dia dançando. A vó falou: "Vamos beber um café?" O vô logo aceitou, colocou o bule no fogo, a fumaça evaporando do bico descascado. Eu ali, no pé dos dois, olhando tudo porque gosto de admirar. O vô serviu o café, a vó pegou uns pães. O vô adora mergulhar o pão no café, eu faço igual, só para imitar. Enfio a cabecinha do pão dentro da xícara, o pão amolece rapidinho. Depois do café, ele já pegou seu disco Tangos e Boleros, que ganhou no bingo. O vô ganha muitas coisas no bingo. Quando botou o disco para tocar, já pegou na mão da vó: "Vamos de Violão de Ouro", ele fez um gesto muito bonito abrindo a mão grande no ar. A vó fez biquinho, dizendo para o vô deixar ela quieta. Mas tudo manhas, tudo para conquistar meu avô. Os dois ficaram dançando pela casa para lá e para cá. Eu até agora fico cantarolando as canções, elas ficam tocando em volta de mim e o vô mais a vó são dois bonequinhos de louça dançando sobre a minha cabeça, como se eu fosse uma caixinha de música:

É preciso amor, lhe encontrar, lhe encontrar, lhe encontrar
Pra dizer que eu fui um tolo
Pra dizer que só você é o meu amor

24 de abril

O vô hoje está muito quieto. E ele, quando fica assim tão dentro de si, é como uma pérola numa concha dentro do mar. Fui visitar minha tia Azul. Precisava de um conselho, alguém para me ouvir. Ela falou: "Não fica assim, minha flor, deixa quieto o coração do seu avô". Tia Azul é uma grande amiga, sabe me entender. A gente tomou chá e comeu uns torrões de chocolate meio amargo. Ela disse antes de eu sair: "A vida é feita para a gente se educar".

25 de abril

Hoje encontrei Olímpia. Peguei minha bicicleta e fui até a porta do Bar da Curva. A gente é bastante parecida, gostamos de conversar. Olímpia ficou fumando e rindo muito, está contente, disse que ganhou um par de tamancos de seu Manoel. Falou que ele é cliente bom, às vezes fica ébrio, mas nunca meteu a mão nela como seu Abel. Só pensa em dançar, pede para ela fingir que é Gertrudes, seu grande amor. Ontem seu Manoel deu um par de tamancos novos para Olímpia, ela gostou muito, logo usou. Ficou exibindo os tamancos para mim, falou assim: "Um dia eu empresto eles para você usar". Eu fiquei sem jeito de falar que não queria, gosto mesmo é de ter meus pés pertinho do chão. Mas sorri para ela, guardei a verdade dentro do sorriso, segurei ela na boca, na garganta bem entaladinha.

Faço tudo por Olímpia, se ela precisar, deixo até ela me bater. Ah! Olímpia, se eu pudesse, minha mãe era você.

26 DE ABRIL

O vô já está melhor. Parecia um nó desatando dentro de mim. Estou muito aliviada e já posso ser eu mesma outra vez. Ele até fez um balanço pra mim, pendurou na mangueira lá do quintal. Passei a tarde inteira lá, a vó debaixo do alpendre batendo sua máquina de costurar. A vó parece uma tecedeira, uma aranha velha.

Eu brinquei assim: "Ôh, vó, a senhora vai se chamar Aracne, a perfeita tecelã". "Quem?" Contei pra ela sobre o mito de Aracne, a perfeita tecelã que decidiu retratar o maior de todos os deuses, Zeus. "Zeus?", a vó ficou suspeitosa. "É vó, Zeus, o deus dos deuses da mitologia". "Hum, sei", ela desconfiou, pois a vó sabe tanto das coisas que sempre desconfia. Contei para ela todo o mito, foi tia Clécia quem me ensinou na aula de história. "A gente precisa conhecer outros mundos, vó", falei enquanto o balanço subia e descia, fazendo ranger os braços da mangueira. A vó batia o pé no pedal de sua máquina, espantando com carinho os mosquitos. De vez em quando resmungava: "Cuidado para não cair desse balanço", e me olhava misteriosa por detrás de seus óculos borrados.

27 DE ABRIL

Hoje passei tantas horas pensando em borboletas. Eu queria desenhar as borboletas que ainda não existem. As borboletas sabem muitas coisas, mas não contam. Que coisa mais simples é a borboleta. E tão quente aos olhos! Elas existem sem machucar. Quero olhos de sempre ver borboletas.

28 DE ABRIL

Hoje foi minha primeira comunhão. A vó costurou minha roupa, entrei na igreja com as mãos juntinhas, uma auréola fincada na cabeça e uma fita vermelha pendurada no pescoço com uma medalha prateada em que está escrito PRIMEIRA EUCARISTIA. O vô não gosta de igreja, não é muito de religião, o que ele faz e eu acho muito bonito é sempre colocar um pires com bolinhas de gude e jujubas atrás da porta. Eu sempre pergunto para que é aquilo. Ele dá risada, fala que não posso mexer, que é presente para as crianças do reino encantado. Acho bonito o jeito do vô acreditar nas coisas. Mesmo sem gostar de igreja, ele foi porque queria me acompanhar. Foi todo engomado, camisa e calça branca de linho, chapéu, relógio de prata e anel. O vô, se não fosse meu vô, eu casava com ele. A vó deu risada: "Essa menina!" O vô riu também, a coisa que a gente mais gosta de fazer é rir os três juntos de uma vez.

A vó estava toda engomada também. Usava um vestido com rendinhas no pescoço, o véu também de rendinhas cor-de-rosa, um rosa bem rosinha. A vó faz parte da Legião de Maria, ela mais as outras beatas usam uma fita vermelha no pescoço, é uma espécie de clubinho que elas têm. A vó estava toda perfumada, um cheiro intenso de jasmim, mais forte que os incensos da igreja. Eu não queria fazer primeira comunhão, mas a vó prometeu que eu poderia não ir mais à missa se eu fizesse. Jurou, falou que só queria essa benção, que eu pudesse comer o corpo de Cristo uma única vez. Aí fui, fiz tudo certinho, mesmo atrasada, porque, na minha idade, a vó falou, já deveria estar fazendo crisma. Mas me deu muita aflição essa história de comer o corpo de Cristo. Canibalismo, pensei. Pesquisei muito, li coisas demais e até fiquei fascinada pelos povos canibais. Mas daí eu mesma ter coragem de comer o filho de Maria...

Na hora da fila, o padre anunciou: "Venham, deixai vir as criancinhas até o Senhor". Fomos uma a uma receber o filho de Deus, o cordeiro do Senhor. O vô olhava de longe, impaciente, a igreja pegava fogo de calor, a vó se abanava com um leque. Abri a boca e o padre perguntou: "Sem pecados, minha filha?" Travei um pouco. Não pecar queria dizer exatamente o quê? E pecando eu não receberia a glória do Senhor? Lembrei da minha mãe. Minhas mãos escondidas por duas luvas de renda começaram a gelar. O padre repetiu: "Sem pecados, minha filha?" Aprendi a mentir sem machucar. "Sem nenhum pecadinho, senhor." O padre ficou satisfeito, vi na testa dele uma gota de suor sumindo de alívio. Enfiou aquela bolacha na minha boca, gosto de nada com nada aquilo. Onde estava a magia, o sabor? Foi muito mais emocionante aquele dia que atravessamos o arco-íris no caminhão do vô.

Depois de muita ladainha, eu agora sou oficialmente uma filha de Cristo. Voltamos para casa a pé, a vó toda satisfeita, como se tivesse cumprido uma missão, o vô com um cigarro de fumo na boca, fumando as nuvens em nosso caminho. Seguimos juntos até em casa, eu ia chutando as pedrinhas no chão, a fumaça do cigarro do vô deixava atrás nosso caminho. Quando chegamos em casa, comemos bolo com glacê e guaraná. Adelina e Tomás chegaram depois. A gente ficou no quintal, esperando as estrelas para a gente contar.

30 DE ABRIL

Vai haver um concurso de poesia na escola. Tia Odalina me incentivou muito a participar. Estou rabiscando uns versinhos, pois ela falou que, com meu jeito fácil para palavras, é bem capaz de eu ganhar.

2 DE MAIO

Hoje um passarinho me aconteceu.

3 DE MAIO

Nossa casa está demasiadamente alegre. O vô arrumou três cachorras. Batizei elas de Mel, Brisa e Flor. O vô leva jeito para bichos, diz que um animal ensina a gente a cuidar. No princípio, a vó não gostou, "cachorro dá trabalho, vai ficar tudo fedendo a rabujo". Mas a vó é incapaz de rejeitar um desabrigado, quando o vô contou que as três cachorras foram abandonadas, o coração dela logo afrouxou: "Tadinhas", disse, já fazendo biquinho para elas. Elas chegaram aqui em casa hoje e tudo já mudou. Eu não sabia que podia ser tão de repente o amor.

5 DE MAIO

Hoje demos banho no trio ternurinha, as nossas três cachorras, Mel, Brisa e Flor. Chamo elas assim porque são mesmo cheias de ternura. Mel toda docinha, Brisa com um focinho que mais parece um coração e Flor é toda uma coisa de amor. A vó falou que a condição para elas ficarem é que eu cuide delas, eu mais o vô. A vó prometeu tratá-las a pão-de-ló, faz bifinho frito, peito de frango e arroz temperado. Mas banho a vó falou que não dá. Disse também que, se o quintal ficar cheio de cocô, a culpa vai ser todinha do vô.

Mas eu gosto de cuidar delas. O vô me deixou dar banho nelas sozinha, as três ficaram muito agitadas na hora de secar, correndo e latindo feito umas doidas pra lá e pra cá. Faz pouco tempo, uns dias só que elas chegaram, mas já estou aprendendo muita coisa. Por exemplo: aprendi com elas a cuidar, um trabalho que a gente nem sempre consegue. Hoje, se eu pudesse, até fazia uma fotografia das três. Foi que achei a coisa mais linda elas olhando o pôr do sol. A vó estava perto, molhando as plantas no jardim, espichava a mangueira e olhava para elas, falando assim: "Valha-me Deus, como pode uns bichinhos serem assim tão puros?" Eu completei: "Se eu pudesse entrava em modo de bicho pra ser pura também, vó". A vó sorriu e a gente ficou bem quietinhas para não atrapalhar as três cachorras vendo o pôr do sol.

6 DE MAIO

Resolvi participar do concurso de poesia. Até já escrevi o poema, guardei na gaveta e amanhã vou entregar para tia Odalina. Ela não é mais a diretora da nossa escola. Para meu profundo azar, tia Cacilda foi quem agora assumiu o lugar. Tia Odalina está frágil das emoções, está sendo difícil se recuperar do que fizeram com sua irmã. A vó falou que a moça não consegue mais caminhar e quase não fala, precisa da ajuda de tia Odalina até para tomar banho e comer. Tia Odalina anda muito cansada, dá para gente ver no jeito como os olhos dela procuram o chão.

Eu me sinto muito solidária com ela, sempre falo pra vó: "Queria ter algum poder e mudar isso". A vó é sábia, sempre solta umas frases no ar como se fossem pássaros, a gente que se atente para pegar. Eu gosto de anotar as coisas que ela fala, sobre eu querer salvar tia Odalina: "Ôhhhh, fia, o único poder que vale é o do amor". Agarrei esse dizer, mas ele parece que escapuliu, arribou, porque, só de ver tia Odalina, eu sinto o peso do mundo.

9 DE MAIO

Eu se pudesse matava alguém, e esse alguém tem nome e endereço: tia Cacilda. Acontece que escrevi o poema para o concurso da escola, tia Odalina leu, fez mil elogios. Entregou o poema junto com os outros que ela recebeu. Tomás e Adelina também participaram. Só que, misteriosamente, meu poema desapareceu. Tia Odalina me jurou: "A gente vai achar seu poema". Foi a manhã inteira essa confusão, eu já entrando em estado de fogo. Quem roubou meu poema vai morrer! Eu gritava pela escola, que, quando estou furiosa, quero mesmo é matar. Adelina falou assim: "Calma, a gente vai achar". Procuramos, procuramos. Nada do poema aparecer. Acabei ficando fora do concurso.

Tia Odalina não se conformou: "Eu lembro que entreguei o poema juntinho com os outros à professora Cacilda, isso não pode ser". Tia Odalina foi até a diretoria. Como já foi a diretora, tem a chave dos armários, guardou para o caso de alguma necessidade. Tia Odalina me chamou: "Vamos revirar até achar seu poema". Ela abriu a gaveta do birô e então gritou: "Achei!" Estava lá meu pobre poeminha solitário, sufocando na gaveta da pérfida tia Cacilda. Tia Odalina fez uma cara igual a minha quando quero matar alguém. Saiu furiosa. Ouvi quando ela brigou, dizendo que era um crime não me deixarem participar. Tia Cacilda tentou se defender com seu jeito de cobra pérfida, falou que esqueceu, por ter muitos poemas para ela guardar. Tia Odalina não acreditou, mas a tia Cacilda mandou ela não se intrometer nos assuntos da diretoria, disse que o vencedor do concurso vai ter sua foto oficial pendurada no salão da prefeitura e que não fica bonito eu posar de poeta numa escola onde temos alguns cabelos lisos e olhos claros para escolher.

10 DE MAIO

Minha raiva de ontem passou. Desabafei com minha tia Azul, ela ficou consternada. Respondi: "Ah, tia Azul, estou consternada também". Conversamos muito, li meu poema para ela. Tia Azul falou assim: "Que poeta é você!" Confesso que fiquei vaidosa, porque tia Azul é um espelho para mim, e eu, quando fico vaidosa, esse é meu poder.

Tia Azul foi até seu quarto, trouxe uma mala. Ficou me olhando um tempo, eu sem entender. "Presente para você", ela me entregou a mala e completou: "Para você se vingar". Fiquei um pouco assustada, será que tia Azul estava me incentivando a matar? Ela deu risada, "Claro que não, minha flor. Abra o presente". Abri a mala, dentro dela estava uma máquina de escrever, uma Hermes Baby vermelha. Eu sempre quis ter uma, mas o vô nunca conseguiu encontrar lá na feira das trocas. Antes de eu sair, tia Azul falou: "Melhor vingança é você escrever".

Saí carregando a mala pesada, a máquina dormindo dentro dela. Quando cheguei em casa, a vó perguntou: "O que tem aí dentro, meu amor?" Contei para ela, mas estava com pressa, queria começar a usar o meu presente.

Coloquei a máquina em cima da mesinha do meu quarto, uma mesinha de madeira que o vô fez para mim. Coloquei papel, girei o rolinho bem devagar. Agora éramos ela e eu. A folha em branco e meus olhos querendo mergulhar. Com meu dicionário do lado, comecei a escrever. Batendo nas teclas, eu fingia ser como tia Azul em seu piano. Passei horas, nem mesmo quis comer. Só parei porque a vó avisou: "Já chega, minha flor, agora é hora de dormir, pois, para escrever, você precisa sonhar". A vó está certa. Por hoje chega de palavras. Elas também precisam descansar.

11 DE MAIO

Tomás e Adelina passaram o dia aqui. A gente tomou banho de mangueira no quintal, brincou de iôiô, brincou com Mel, Brisa e Flor. Adelina ficou muito apegada com Mel, disse assim: "Dá ela pra mim". Mas eu não dou, porque as três juntas fazem parte de mim. Tomás gosta muito de treinar elas, fica mandando: "Senta, pula, rola". É muito engraçado, porque elas obedecem, ele joga pedaços de pão para conquistar a confiança delas. O vô falou: "Ô, Tomás, é você um encantador de animais?" Tomás riu, e achei muito doce o jeito dele responder: "Sou só um menino, vô". Acho que o vô não esperava ser chamado assim pelo Tomás, porque seus olhos se inebriaram. Falei para o vô: "Ô, meu velho, é de repente o amor".

13 DE MAIO

Hoje fui ver Olímpia. Estava na janela, cantarolando e fumando seu cigarro. Quando me viu passar, me chamou: "Ei, magrela, vem cá!" Deu gargalhada, como se a palavra magrela fizesse cócegas nela. Desci da bicicleta, perguntei: "Isso aí é o quê?" Ela olhou para o bastidor com agulhas. "Ah! Estou bordando um paninho para você." Ela apagou o cigarro, pegou o bastidor, deu a volta e veio para a calçada me encontrar. "Veja", ela apontou o desenho no bastidor, "estou bordando um passarinho para você". Eu quis abraçar ela, mas, antes de eu começar o abraço, ela me empurrou. Senti um nó dentro de mim. Olímpia às vezes é meu ódio e meu amor.

16 DE MAIO

Escrevi uma história em minha máquina de escrever: *A menina que tinha onze dedos*. Vou dar de presente para Olímpia depois. A história é assim: ela possuía onze dedos. Cinco numa mão, seis na outra. Dez dedos eram assim... como gostamos de dizer... perfeitinhos. Ela era uma menina perfeitinha. Era uma gracinha, esperta, brincalhona, curiosa e alegre como toda criança. Devia gostar de conversar, fazer amigos, ter uma cabeça cheia de brilhantes ideias. Mas ela possuía onze dedos. Dizem que o dedo número onze era minúsculo, tão minúsculo que mais parecia apenas um filhotinho do dedo número dez. Este, por ser excêntrico e gostar de se exibir, deu vida à parte não autorizada de si. Não autorizada porque não se pode ter onze dedos nas mãos. É lei, não se pode fugir dessa lei. Mas acontece que o dedo número onze estava ali.

Para a menina era um miúdo companheiro, mais valioso do que os outros dez dedos, justamente porque nasceu sem permissão. Nasceu na mão daquela menina e, ainda que para ela tivesse o valor de uma pérola, para o mundo não tinha. O mundo tratou logo de rejeitar o dedo número onze. A menina era conhecida por sua mão cheia de dedos. Foi tão maltratada a ponto de ameaçarem lhe cortar o dedo atrevido. Então começou a esconder o dedo, começou a sofrer o dedo. Aquele dedinho era agora uma ferida que magoava. Repito, era um dedinho minúsculo. Com medo de ter seu dedinho arrancado, a menina passou a usar luvas. Estava muito magoada, sentia muita dor nas mãos, mas preferiu assim. E o mundo também, porque o mundo prefere uma ferida, uma dor, uma mágoa a aceitar que um dedinho a mais exista sem permissão.

18 DE MAIO

Adelina, Tomás e eu fizemos o aniversário das minhas cachorras. O vô aceitou, achou divertido. A vó também, até fez uns brigadeiros e uns beijinhos de coco. Como elas foram abandonadas, a gente não sabe bem o aniversário delas, então a gente inaugurou. Fiz uns convites de cartolina, chamei o Felipe, a Amerinda e a Elizabete. A vó comprou três velinhas pra colocar no bolo de glacê. Teve uns balões coloridos, tubaína de tutti-frutti e chapeuzinho de papelão. A gente bateu parabéns para elas, o vô até fotografou. A vó partiu o bolo, mas falou que as aniversariantes não podiam comer. Mas ela fez uns bifes suculentos que as cachorras devoraram. O vô colocou o disco dos Mamonas Assassinas pra tocar. A gente ficou rodando no meio da sala, Mel, Brisa e Flor latiram sem parar. Quando a festa acabou, eu coloquei elas para dormir lá no quintal. Abracei o vô mais a vó. Guardei a fotografia desse dia na moldura de mim.

19 DE MAIO

Passei o domingo perseguindo formigas. Eu, quando não tenho o que fazer, invento.

20 DE MAIO

Tia Azul decidiu me ensinar a tocar piano. Ela tem um piano na casa dela. Eu gosto muito de música, tia Azul também. Ela é quem me mostra muitas novidades, manda trazer muitos discos lá de São Paulo. Tem uma fita cassete na casa dela que a gente já viu mil vezes, é uma ópera muito comovente, sempre me faz chorar. A história da princesa ainda, sequestrada da Etiópia para ser escravizada em outro lugar. Se um dia eu fosse assim levada embora para deixar de ser quem sou... meu Deus! Mas Aida é forte. Quando ela canta, minha tia Azul chora como se aquele canto viesse do começo do mundo. Eu choro junto só para imitar.

22 DE MAIO

Seu Abel hoje me chamou na rua: "Ei, coisinha, vem cá". Tenho ódio da porra que me chamem de coisinha. Fingi que não ouvi. Mas ele veio em meu caminho, me fez frear, minha vontade foi botar a bicicleta por cima da garganta dele. Ele disse: "Fala pra sua vó que vou querer uns risoles pra sábado". Olhei pra ele com cara de nojo: "Não sou moleca de recado não". Ele emburrou, ficou resmungando. "O senhor não brinque não, porque eu, quando tenho ódio, sou capaz de matar." Seu Abel me chamou de atrevida, falou que um dia conta minha malcriação para o meu avô. Eu não suporto Seu Abel, ele é militar aposentado, tem até arma em casa, por isso acha que bota medo no povo da rua. Eu mesma dele não tenho medo. Tenho mais é uma gastura do seu jeito de me olhar. Seu Abel que não se engane, porque aprendi a lição naquele dia no circo, quando vi as feras na jaula. Ele pensa que pode tudo, mas não pode não. Uma vez a vó mesma disse: "Triste do homem que pensa ser dono do mundo".

24 DE MAIO

Hoje, quando cheguei da escola, encontrei o vô dormindo na rede com as três cachorras. "Vó, vem ver", chamei. A gente ficou olhando pra ele mais a Mel, a Brisa e a Flor. A rede balançando devagar, os quatro tudo agarradinho. "Três vira-latas dengosas mais seu avô", comentou a vó. Eu quis me deitar na rede junto com eles, mas já estava perfeito só de olhar.

25 DE MAIO

Minha vó é como eu, toda cheia de invenções. Ela gosta muito de variar em seu jeito de ser e tem muitos talentos. Coleciona sabonetes que ela mesma faz, costura muito bem em sua máquina que o vô deu, faz quitutes deliciosos para vender. Hoje eu fui com ela na feirinha de artesanatos, a gente foi vender uns potes de barro que ela faz e pinta. Ganhamos um bom dinheiro. Comentei com o Tomás: "Minha vó tem dedos de Midas". Ele perguntou o que era isso. Expliquei para ele a história do rei que transformava em ouro tudo que tocava. Tomás ficou besta, perguntou: "Se eu pedir, a vó toca meu coração e faz ele virar ouro também?"

26 DE MAIO

A vó hoje foi ao enterro de uma antiga amiga. O vô ficou preocupado com medo de ela fraquejar, mas a vó é dura na queda feito uma árvore antiga. Bebendo em sua caneca o café com leite, apenas suspirou, falando para o invisível, nem me enxergou ali mais o vô: "A vida é uma chama, e Deus quando quer apaga num sopro".

29 DE MAIO

Emprestei meu *Dom Quixote* para a vó ler. Ela é curiosa, quer conhecer tudo. Ela sempre me diz para abocanhar as coisas do mundo com a inteligência e com a emoção. Emprestei o livro, agora ela fica com os olhos grudados nele, rindo pela casa, até se esquece das panelas, hoje mesmo deixou o arroz queimar. Depois, me chamou e disse: "Esse Dom Quixote é um doido sonhador. Fica vendo monstros onde há moinhos". "Está gostando, vó?", perguntei. "Estou sim", ela respondeu rindo, "que seria de nós sem a loucura de sonhar?"

30 DE MAIO

Hoje a gente quase morreu. É que, na escola, Felipe contou que viram o ET de Varginha no terreno detrás do cemitério. Duvidei, porque gosto sempre de duvidar antes de acreditar: "ET de Varginha aqui? Com tanto lugar no mundo para ele pousar?" Felipe respondeu: "ET não escolhe lugar". Lá na escola todo mundo acreditou, povo besta gosta de uma novidade e acredita só para fantasiar.

Combinamos de ir todo mundo de tardezinha para olhar. Peguei minha bicicleta, falei pro vô mais a vó: "Vou conhecer o tal ET". Eles deram risada. Chegando lá, estava todo mundo, falei: "Cadê?" Felipe, todo suado, montado em sua bicicleta, apontou: "Lá, a gente viu ele lá". Todo mundo pedalou. Atravessamos o terreno, o cheiro de flores do cemitério passando no vento por cima da gente. Nada do ET. "Isso são bobagens de televisão", comentei. Adelina estava medrosa: "Vamos voltar". Já íamos embora, quando escutamos um barulho, parecia um trovão no chão. Tomás gritou: "Pega o ET!" A gente tudo gritou, as bicicletas apressadas. Ninguém ficou. Contei nossa aventura para o vô mais a vó. O vô disse assim: "Esse ET de Varginha está mais famoso do que o presidente da república". A vó riu, eu também. Não bastasse a loura do banheiro aparecendo para a gente na escola, o povo agora só fala nesse ET. Esse povo não vive sem invenções para alimentar o chão de seu pensamento.

31 DE MAIO

Eu vi o vô mais a vó na cama. Os dois balançavam fazendo o colchão gemer. Fiquei muito assustada. Eles pareciam uma pessoa só.

2 DE JUNHO

Nunca pensei que cagar me daria tanta vergonha. A gente foi tomar banho de rio, porque estava fazendo muito calor. O vô botou a gente no caminhão dele, eu, Adelina mais o Tomás. A gente nadou muito, o vô só deitado na beira, tomando banho de sol. A gente lanchou uns bolinhos de carne com pão que a vó preparou. Voltamos pra o caminhão, era hora de ir. No meio do caminho, gritei na boleia: "Vô, quero fazer cocô". Adelina e Tomás riram. Mas eu estava muito aflita. "Depressa, vô, para o caminhão pra eu fazer cocô". Ele brecou na hora, mas avisou: "Vai ter que correr pra o mato, minha flor". Eu nem pensei, corri. Ainda tentei roçar a bunda numas folhas, mas vai que tivesse urtiga por ali. Preferi não arriscar. "E não limpou a bunda?", Tomás perguntou. Não respondi. Ardeu minha cara de vergonha. O vô contou para a vó. Ela é sapiente, disse: "Que boa lição você teve, minha flor. No mundo a gente não passa mesmo de uns pedaços de cocô".

6 DE JUNHO

Ontem fiquei até tarde ouvindo o jogo do Flamengo com a vó. Ficamos com os ouvidos colados no radinho de pilha. O vô nem aí, ficava só fazendo graça, imitando a voz do Cid Moreira. A vó cantava alucinada "uma vez Flamengo, Flamengo até morrer". Ouvimos juntas o jogo inteiro. Placar: zero a zero. Cruzeiro x Flamengo. Mas a vó não se importou. Ficou cantando "uma vez Flamengo, sempre Flamengo. Flamengo sempre eu hei de ser". A vó preza muito a alegria e dançava para me fazer graça. Batia um pé, batia o outro, batia um pé, batia o outro. Eu imitava ela. Dançamos juntas bate um pé, bate o outro e de repente aquele bate pé levou a gente até outros mundos, até um céu de chão e estrelas. O vô batucando com as mãos e cantando: "tchiriguidum tchiriguidum tchiriguidum". Ah! O dia que eu perder o vô mais a vó, o dia que eu perder esses dois... não sei o que será de mim, não sei como vou viver. Sei que um pedaço grande de mim vai morrer.

7 DE JUNHO

Hoje Tomás disse assim: "Que flor rosa mais bonita", e apontou a flor pendurada na pérgula do jardim de tia Azul. Vi nos olhos dele uma luz, Tomás parecia querer guardar a flor, plantar ela dentro dele. Eu quis fazer uma oração, pedir a Deus que guardasse aquela flor nos olhos do meu amigo. Quase me ajoelhei, que sou de ajoelhar para as coisas bonitas do mundo.

8 DE JUNHO

A vó costurou um mosqueteiro novo para o meu quarto. Enfeitou com umas borboletas e uns passarinhos. Durmo, e toda vez quando acordo levo um susto: "Estou emaranhada no céu?" A vó é muito inventiva, quer me fazer sonhar mesmo acordada.

9 DE JUNHO

Hoje foi dia de dar banho em Mel, Brisa e Flor. Elas pegaram pulga e o vô precisou isolar elas no quintal, não podem entrar na casa. A vó falou: "Cuidado, pulga pega que nem piolho". Passei sabão nelas, o vô trouxe um remédio bom. Tomás, Adelina e eu passamos a manhã catando as pulgas, porque o vô ficou cansado, disse para a gente terminar, saiu andando feito ébrio, as pernas quase esquecendo o jeito de andar.

13 DE JUNHO

Faz três dias que o vô não levanta da cama. A vó já trouxe a rezadeira, já pagou consulta particular com o doutor e nada. Ele parece uma flor murcha. Ontem estava todo molhado de febre, tadinho. Pedi para a vó: "Me deixa faltar à escola?" Ela não deixou: "Quando você voltar, seu vô vai estar aqui no mesmo lugar". Eu confio na minha vó, mas meu coração está cheio de medo, quando meu coração fica assim, é um lodo só, me perco toda, fico até burra, zonza e fraca, deixo muita lama me pegar. Meu coração com medo é um pântano. Estou indo para a escola a contragosto, fico irritada só de falarem comigo. Tudo porque minha cabeça está no vô. Dia e noite é nele que eu penso.

Adelina perguntou: "Você está assim por causa do seu avô?" Chorei muito. E eu não sou assim de chorar. Só três coisas me fazem chorar: tristeza, medo e amor. As três coisas se agarraram em mim esses dias, feito tentáculos de um polvo. Eu não estou preparada para perder o vô. Nossa Senhora sabe bem disso. Sou imperiosa, língua quente cheia de áspides, não quero desrespeitar. Mas já falei para ela que não se atreva a me deixar mais a vó sem o meu vô. As três cachorras não saem do pé da cama, ficam em volta, com olhos mortiços, como se estivessem velando o corpo do vô. Bicho sabe das coisas, eles são que nem a minha vó. Mel, Brisa e Flor, eu pergunto a vocês: o que será que vai acontecer com o meu vô?

15 DE JUNHO

O vô continua na cama. Dona Bilu passou aqui, fez nele uma forte benzedura, mas não adiantou. Estou sem coragem de ficar perto, está me doendo demais ver ele partir. E a coragem é minha força, eu, quando perco a minha força, fico que nem passarinho preso em gaiola. A vó percebeu meu desespero, com sua sapiência me chamou: "Que há com você, minha criança?" Ela me colocou no colo, enfiou seus dedos em meus cabelos emaranhados, falou assim: "O medo domina, minha flor, diferente do amor que, sem machucar, ensina". Eu precisava escrever essas palavras da vó para ficar repetindo até elas entrarem em mim.

17 DE JUNHO

Hoje, quando o sino da igreja tocou, fechei os olhos. Foi como ouvir o coração do meu avô.

19 DE JUNHO

Meu vô finalmente se levantou. Dengue, o médico falou. Essa tal de dengue está pegando mesmo. Ontem, na aula de ciências, tia Rita falou que já são quase cem mil casos em todo o país, já virou epidemia. O vô ainda está fraquinho, mas não vai morrer. Parece que tiraram um espinho do meu coração.

21 DE JUNHO

Ontem tive um sonho. Foi mais ou menos assim: nuvens carregadas fechavam o mundo, escondendo tudo debaixo de sua sombra. Trovões ribombantes, relâmpagos que eram como veias abertas no céu. Redemoinhos e furacões destelhavam as casas, tentei proteger minha cabeça, tive medo de que o vento levasse meus pensamentos junto com as telhas. A chuva forte caía, formando ondas a inundar tudo ao meu redor. Inútil tentar dominar. Eu era fraca e o mundo estava furioso. Me senti uma miúda flor prestes a ser arrancada sem dó.

Quando a tempestade passou, no topo da minha cabeça, a pele do céu era azul e eu estava viva. Meus pensamentos estavam sãos e salvos. Senti alívio. Foi apenas o susto de aprender. Era o mundo me ensinando a suportar.

24 DE JUNHO

Hoje é dia de São João. A vó acendeu vela em seu altar e uma fogueira no quintal. Ela, o vô, eu mais as três cachorras passamos a noite vendo o fogo, a brasa crepitar. Quando vejo fogo, sinto vontade de me queimar. Mas fiquei contemplativa. As cigarras do quintal enlouquecidas se atiravam na fogueira. A vó dava risada: "Cigarras suicidas". As bichinhas davam seu grito e saltavam bem no meio do fogo, estourando feito fogos de artifício. Cigarra é um bicho histérico, eu, se fosse elas, também ia querer papocar de tanto cantar. Foi uma noite de muitas estrelas no céu, o vô cantou com seu violão:

Serenô, eu caio eu caio
Serenô, deixai cair

Serenô da madrugada
Não deixou, meu bem, dormir
Minha vida, ai ai ai
É um barquinho, ai ai ai
Navegando sem leme e sem luz
Quem me dera, ai ai ai
Se eu tivesse ai ai ai
Os farol dos teus óios azul

A noite parecia encantada. Eu não contei para minha vó, mas vi muitas serpentes dançando no fogo.

26 DE JUNHO

Hoje fiz a prova de recuperação em matemática, finalmente estou de férias. Foi um semestre difícil como atravessar um caminho de brasas, tia Cacilda puxando pelo meu pé e me dando picadas venenosas. Mas acho que consegui. Não gosto de matemática, números me embaralham, tenho mais jeito para brincar com palavras. Números são pedras, palavras são rio.

30 DE JUNHO

A vó está dando um curso de bordado no papel. Adelina, Tomás e eu estamos participando. Hoje foi a primeira aula. A vó ensina debaixo do alpendre de nossa casa. Tem a gente mais umas beatas da igreja e o vô, que foi obrigado a participar. A vó é muito habilidosa com agulhas e linha, sabe bordar de olhos fechados. Já repeti muitas vezes: "Vó, a senhora é uma aranha". Ela distribuiu as linhas, cada um com seu pedaço de papel. No papel um desenho feito por ela. É muito fácil. Basta furar de ponta a ponta do desenho e passar a linha. O vô teve dificuldade, furou muitas vezes as pontas de seus grossos dedos. Ajudei: "Faz com delicadeza, vô". Ele até que leva jeito, delicadeza também se aprende afinal.

1 DE JULHO

Estou aproveitando esses dias de férias para ler, hoje devorei muitas páginas da Enciclopédia Ilustrada da Geografia Universal. Eu gosto muito de mapas, sou muito ávida por lugares. O mundo é muitos, isso aprendi. Mas também aprendi que basta uma formiga passando no quintal para abalar as placas tectônicas do meu coração.

2 DE JULHO

Hoje Adelina e eu encontramos seu Abel. Ela me perguntou: "Por que esse homem não some?" Respondi, sapiente: "Adelina, o mundo está cheio de veneno, e cada veneno tem seu lugar". Adelina não entendeu. A gente estava jogando bola de gude na pracinha, seu Abel passou, olhando todo imperioso. Ele não sabe que mexer comigo é a mesma coisa que mexer num cacho de marimbondos.

3 DE JULHO

Férias agitam muito com nossa imaginação. Hoje Tomás, Adelina e eu tivemos uma aventura digna da grandeza dos livros de faroeste que eu gosto de ler com a vó. A gente foi comer merenda na casa da minha tia Azul. Tomás mais Adelina se entupiram de chocolate com tubaína de laranja. Tia Azul colocou música para a gente dançar. "Que música diferente", Adelina falou mexendo o corpo inteiro, parecendo um esqueleto. "Essa música é jazz", tia Azul contou. A gente dançou muito. Mas essa ainda não foi a aventura, a aventura veio depois.

Tia Azul é cheia de histórias, a casa dela parece uma caverna repleta de lendas e mitos. Ela disse que a vida é feita de mistérios, nos contou de uma mulher dona das águas e que era preciso coragem para chegar perto, visitar. Eu sou fogo, por isso água me põe cuidadosa, desconfiada, temerosa até. Tia Azul contou sobre a mulher senhora das águas, dona de todos os rios. Quando a tia Azul fala, põe um tom de verdade, fica séria, com seus olhos fundos, que mais parecem dois poços sem fim. Eu desconfiada: "E essa dona das águas vive em que parte do mundo?" "A gente pode encontrar ela por aqui?", completou Tomás. Tia Azul respondeu, cerimoniosa, as mãos cruzadas num tom seríssimo: "Bem... eu posso dar o endereço dela, mas não sei se vocês conseguem achar".

Tia Azul sabe que tenho um coração perigoso, basta cutucar. É só dizer que não posso fazer para eu ir lá. "E onde fica esse lugar?", perguntei, já decidida. Tia Azul fez um mapa. "Isto aqui eu sei onde é", Tomás gritou, apontando no desenho. Adelina ficou com medo, mas seguiu a gente. Saímos apressados. O lugar que tia Azul desenhou é o rio onde o vô sempre leva a gente pra se banhar. Andamos muitas léguas, Adelina quase colocando o pulmão para fora: "Ainda tá longe pra gente chegar?" Tomás deitou o ouvido no chão. "Que você está fazendo, Tomás?" Ele ficou ali um tempo bem quieto, como se estivesse ouvindo o chão. Alisava a piçarra com a ponta dos dedos, depois metia o dedo na boca e levantava, para sentir a direção do vento. Eu mais Adelina ali, esperando. Ele falou: "Achei ela". "Achou?", me espantei com sua sapiência. Seguimos Tomás. Quando avistei o rio com suas águas tão tranquilas, confesso que fiquei temerosa. "Prefiro o fogo, Tomás, vamos embora." Mas então ele andou até a beira do rio. Tinham brotado muitos lírios ali. Adelina e eu fomos até a beira do rio também. Tomás quis saber: "Agora o que a gente faz?" Adelina então disse: "A gente chama por ela?" Chamar como? Dona das águas, mãe das águas, rainha? Essa parte tia Azul não explicou bem.

Mas nem deu tempo de a gente pensar muito, porque as águas do rio começaram a tremer. Pareciam vivas. Tomás apontou: "Olha lá!" Adelina começou a gritar, eu gritei também e a gente saiu correndo, tropeçando nos arames farpados e na piçarra da estradinha. Chegamos no alpendre de minha casa, as cachorras nos cheiravam. Tomás estava extasiado, eu também. Adelina toda medrosa: "Vocês viram o que eu vi?". A gente disse que sim. Tia Azul não mentiu quando falou que tudo na vida é mistério.

5 DE JULHO

A vó hoje trançou meus cabelos. Gosto de mudar, sou do tipo camaleão. A gente passou a manhã no alpendre, o vô pitando e bebendo café, enquanto ela trançava uma a uma as mechas do meu cabelo. Quando olhei no espelho, me senti muito dona de mim. "Estou parecendo a Medusa, vó, a cabeça cheia de serpentes." "Valha-me, Deus, quem?" Contei para ela sobre o mito. Mostrei meu cabelo novo para o Tomás e para a Adelina. "Mas cortaram a cabeça da Medusa, você me contou!", Adelina falou assustada com medo que me cortem a cabeça também. "Fica tranquila, Delina", eu disse, "é mais fácil eu arrancar a cabeça de alguém".

6 DE JULHO

Depois que trancei os cabelos, algo de importante aconteceu. Eu estou toda poderosa, mas não esbanjo meu poder. A vó me botou de castigo, ordenou que eu não saia durante dois dias. Isso porque hoje Adelina e eu saímos para jogar. Dante e Daniel viram a gente. Já quiseram cutucar minha paciência. Sofri muito para não deixar o ódio florescer depois daquele episódio de me cortarem as flores dos cabelos. Foi tarefa de difícil execução, é que meu coração é terra fértil, tudo que plantam nele dá. Tive de cultivar muitos outros sentimentos. Mas tem pessoas que dificultam o caminho da gente, parece até que existem para nos testar.

Dante e Daniel vieram cheios de implicância, avisei: "Deixa a gente quieta, senão eu mato vocês". Eu tenho boca de fogo, tudo para mim é matar, mas matar mesmo eu não mato, que quando matei uma borboleta aprendi o que é o contrário de matar. Às vezes falo só para botar medo mesmo, gosto de usar as palavras para adoçar, mas também uso para assustar. Daí eles vieram para cima, disseram que iam arrancar as cobrinhas da minha cabeça. Eles são dois ignorantes, não conhecem o mito de Medusa e Perseu, mas pensam que são Perseu. O que não sabem é que eu aprendo as lições, e sou feito frutos que nascem pelo chão. Em mim as coisas são pela raiz. Eles que viessem, tocassem em mim outra vez! Mas fizeram pior, quiseram mostrar que machucar quem a gente ama dói mais. Isso, na cabeça deles, daria certo, pois foram para cima de Adelina, baixaram a saia dela, puxaram a sua calcinha, só de maldade. Eu não esperei um segundo para agir. Agarrei Dante pela garganta, Daniel foi o primeiro a fugir. Agarrei com tanta força a garganta de Dante que ele começou a tossir, tossiu tanto que quase papocou que nem uma cigarra. Mas antes de ele papocar, eu soltei e avisei: "Eu mato você se você tocar nela outra vez". Ele saiu chorando muito, quase desmaiou.

Aí a mãe dele veio aqui, foi a maior confusão, porque até polícia ela quis meter na história, imagine se polícia poderia me segurar. Disse que eu degolei o filho dela. Contrariado, o vô me chamou na sala, me pediu para confessar, todo paciencioso ficou ali me olhando. Não precisei confessar nada, a prova era a dor em minhas mãos. Falei para a mãe de Dante: "A senhora ensine seu filho a ser gente, porque senão o mundo vai ensinar". Ela ficou toda enervada, disse que tenho a boca suja e sou a menina mais encrenqueira dessa rua.

A vó deu razão a ela, ficou envergonhada, porque sabe que não pode segurar a minha língua, prometeu que ia me castigar. Quando tudo se acalmou, o vô comentou assim: "Esse seu coração quente ainda vai te queimar". Perguntei: "Era então para eu deixar ele atacar Adelina? Era para eu abaixar a cabeça para aqueles dois guris, me resignar?" A vó respondeu: "Você é sapiente, aprendeu bem. Algumas injustiças a gente combate com as mãos". Me deu dois dias de castigo, me proibiu de ver televisão. A vó sabe como ensinar sem me ferir.

7 DE JULHO

Como estou de castigo até amanhã, estou aproveitando para ouvir meus discos em paz. Ouvir música para mim é como ficar parada escutando a voz do ar.

12 DE JULHO

Hoje uma borboleta me encontrou. Eu passeava pelo terreno de Dona Manoela. Ela cultiva flores e às vezes gosto de caminhar por lá e ficar sozinha com meus pensamentos. Solidão para mim às vezes é minha concha do mar. Caminhava, então, quando uma borboleta me encontrou, brincou comigo. Lembrei da borboleta que dissequei na minha aula de ciências. Comecei a chorar muito. Eu não sou de chorar, porém, quando choro, são muitas águas que brotam de mim. Mas aí a borboletinha brincalhona pousou de leve numa das tranças de meus cabelos. Quase não senti, tão leve foi o pouso. De repente, outras borboletas começaram a aparecer. Uma a uma pousando em meus cabelos. Pensei: "Meu Deus, há uma nuvem de borboletas sobre mim!" Elas balançavam suas asinhas, as patinhas fincadas nas minhas tranças. Eu puxava com cuidado, soltando elas no ar como pétalas, mas voltavam como se eu fosse o destino delas. Parei de chorar, porque virei topo de árvore ali. O mundo às vezes encontra um jeito bonito de perdoar.

19 DE JULHO

Tive um sonho vultoso. Essas férias estão me dando muito tempo para cultivar fantasias. Minha cabeça e meu coração são terrenos demasiado férteis e isso às vezes me assusta.

O sonho foi assim: havia um cemitério onde enterravam apenas criancinhas. Era tão grande que os túmulos se multiplicavam como dominós enfileirados. Muito tempo se passou e o cemitério acabou sendo fechado, pois as crianças já não morriam mais, agora, havia outros tipos de cadáveres. Eram crisálidas rachadas penduradas nos galhos das árvores, corpos de gafanhotos sobre as lápides, borboletas mortas esvoaçando no chão como folhas. O lugar era uma mistura de cemitério e jardim.

Atraída por seu mistério, eu passava por ali e entrei. Usava uma roupinha de anjo que a vó fez pra mim, olhava tudo com medo e curiosidade. Quis sentir o cheiro das flores, mas elas haviam brotado por cima dos túmulos, esparramadas por cima das lápides, pareciam umas cobras. As árvores, com seus olhos sobre todas as coisas, espiavam aquela pequena enxerida que era eu. Saltitando, vi uma pequenina flor ao pé de uma árvore magrinha. Brotava tão miúda que dava pena só de olhar. Deveriam ser proibidas coisas assim tão pequenas e frágeis no mundo, pensei. Me aproximei da miúda flor que abria seu pequenino olho em direção ao sol. Quis arrancá-la, mas recuei o gesto. Com a mão, apenas toquei uma pétala, não quis provocar na flor mais do que um susto passageiro.

O que eu não esperava eram as consequências daquele gesto brincalhão. Porque de repente acordei todas as coisas. Os túmulos começaram a se abrir, o chão a rachar, estremeci as árvores que precisaram segurar nos galhos umas das outras para não caírem. Até o Oceano Atlântico sentiu e murmurou suas ondas. Saí correndo, atravessei o portão com minhas asinhas de anjo fincadas nas costas, algumas peninhas brancas se soltavam e pousavam silenciosas, ficando para trás.

Acordei assustada. Não sabia que um toque de amor era capaz de alcançar todas as camadas da terra e rachar o mundo ao meio.

25 DE JULHO

Tomás, Adelina e eu saímos hoje para brincar. Semana que vem a gente volta para a escola, então estamos tentando aproveitar tudo. Adelina me perguntou: "Você já sangrou?" Tomás ficou com vergonha, porque entendeu a pergunta antes de mim. Indaguei: "Sangrar de que jeito, Delina?" Ela explicou: "Minha mãe disse que não posso contar a ninguém, que agora já sou uma mocinha e é feio falar". Entendi. Tomás disfarçou, fingiu não ouvir. "Olha, Delina", peguei na mão dela, que eu quando quero sou generosa e pacienciosa, "eu já sangrei, sim, e a vó falou que sangrar não é feio não". Adelina me olhou aliviada: "então eu não vou para o inferno?" "Vai não, isso eu posso garantir." Às vezes eu sinto vontade de botar Adelina no colo.

28 DE JULHO

O mundo é imperfeito. Como dói perceber. Hoje a gente passou o dia tentando ajudar dona Manoela a salvar algo de seu. É que botaram fogo em seu terreno, destruindo toda a plantação. A pobrezinha gritava desesperada "Oh Senhor! Oh Senhor!" O vô correu mais o Tomás e outros vizinhos. A vó e eu carregamos baldes também. Mas tudo em vão, a fúria do fogo eu conheço e ele tudo destrói, por isso é preciso respeitar seu poder. Eu vi com esses meus dois olhos o que ele fez no terreno de dona Manoela. Comeu cada planta, cada flor. A vó concluiu que foi fogo inventado. "Como assim, vó?" Ela explicou: "Dona Manoela não quis vender o terreno". Depois que o fogo devorou tudo, ficaram só umas cinzas e fumaça evolando das pedras e do chão. A gente perambulou por ali, eu, Adelina e Tomás. O vô atrás com um cajado lamentando as coisas mortas. Parado, com seus olhos cor de mel olhando ao redor, como se estivesse de pé no topo de uma montanha, vendo o mundo, o vô falou: "O horror não tem limites". Quis imitar o vô, fingi estar sentada no topo de uma montanha e olhei tudo ao redor. Foi então que vi ao longe um talinho de flor. Gritei: "Olha lá, vô!" Ele andou tropeçando em algumas pedras que ainda respiravam quentes, Adelina e Tomás também. Na frente, apontei o pequenino talo verde, as sépalas abraçavam o botão, protegendo o que ainda não é. O vô ficou espantado, a gente também. Como o fogo não queimou? Ficamos ali de cócoras, tentando entender o mistério. "O que vai viver viverá", o vô falou como quem sopra pó de ouro sobre a terra.

29 DE JULHO

Nossas aulas voltaram. Hoje tivemos aula de ciências com tia Rita. Eu adoro aula de ciências porque posso aprender as coisas por dentro, é como sonhar. Aprendemos as partes de uma flor. Uma flor é como um corpo humano. Toda cheia de funções, de partes que se completam e que contribuem para o equilíbrio de todo o ecossistema. Matar uma delas é mexer no ciclo das coisas, arrancar uma flor é destruir seu destino original. Tia Rita explicou que há dois modos de entender a flor: uma é a forma científica, biológica. A outra é o amor. "O amor, tia Rita?", perguntei curiosa. A turma inteira ficou tentando entender também. Tia Rita explicou que, na flor, uma molécula precisa se atrair por outra molécula e outra e mais outra, até formar a pétala, as pétalas, juntas, vão precisar se atrair para formar a flor. "Isso", tia Rita completou, "é o que a gente pode chamar de amor".

31 DE JULHO

A noite estrelada é tentação para mim. Contar estrelas é um dos meus passatempos favoritos, me sinto cuidadora do mundo, vigilante noturna de Deus. Mas preciso ficar atenta. Ontem passei a noite contando estrelas e quase morri de susto quando uma estrela cadente caiu bem no meu coração!

3 DE AGOSTO

Hoje choveu forte. Adelina, Tomás, as cachorras e eu ficamos brincando lá fora, a vó ralhando: "Vocês vão gripar!" A gente se banhava nas águas que as calhas derramavam, as cachorras ficaram muito felizes. A gente pulou nas poças, o Tomás se jogava como se o chão fosse rio. Quando a torrente passou e ficou só um chuvisco magrinho, corri e peguei uns jornais velhos do vô. A gente fez uns barquinhos de papel, botou eles para navegar nas correntes da rua. Adelina, Tomás e eu gritando: "Vai, barquinho, vai para o outro lado do mundo". Foi tão bom! Senti uma saudade funda de todas as coisas.

5 DE AGOSTO

Hoje quebrei uma lâmpada na escola. A gente estava brincando no corredor e, para meu azar, a bola voou das minhas mãos e craquelou a lâmpada. Os meninos começaram a gritar "vai pagar, vai pagar, vai pagar". Tentavam me intimidar sem saber que desde sempre aprendi a assumir erros que cometi. Já cometi erros bem mais graves, não ia ser uma lâmpada a me amedrontar. Ficaram insistindo em me atormentar: "Tia Cacilda vai brigar, tia Cacilda vai brigar". Eu permaneci muito serena, que quando quero me modifico de fogo para água, de água para gelo, de gelo para ar. Sei alterar meus estados, dependendo da situação. Tia Cacilda apareceu: "Quem foi que quebrou?" Olhei nos olhos dela, respondi: "Foi sem querer". Ela falou que amanhã só entro na escola com uma lâmpada nova em mãos. Contei para o vô e para a vó o que fiz. Eles foram complacentes, a vó refletiu: "Errar é um ato humano". O vô completou: "Nenhum erro pode nos maltratar para sempre, a gente precisa saber se perdoar". Eu sei que eles sabiam que naquele instante pensei em minha mãe.

8 DE AGOSTO

Faz dias que não leio nada. Às vezes fico muito ocupada com a vida. O mundo é uma tentação e me distrai.

9 DE AGOSTO

Hoje na escola aconteceu uma coisa que só em segredo vou contar. Na hora do recreio, tia Lurdinha serviu bolo com cobertura de goiabada e suco para a gente tomar. Depois do lanche, Adelina e eu fomos para o fundo do terreno da escola, a gente gosta de ir lá ver os pássaros e contar pedrinhas no chão. "Adelina, você já beijou?", perguntei. Ela ficou sem graça, o pai de Adelina é pastor e amarra muito o jeito dela de ser. Perguntei outra coisa: "Adelina, você já mexeu lá?" Ela quase arroxeou de tanta vergonha. "Eu às vezes mexo só pra sentir como é", falei. Ela então teve coragem e revelou: "Eu também mexo, mas fico com medo do pai mais a mãe descobrirem". "Mas essas coisas a gente não precisa contar", expliquei. "Você deixa eu mexer em você?", ela perguntou. Eu só faço o que quero, então deixei. "Deixa eu mexer em você também?" Ela deixou.

10 DE AGOSTO

Hoje estou muito alegre. Desconfio que poderia viver só de mim. Posso viver sem minha casa, sem os objetos ao redor, sem as telhas do telhado. Fiz uma lista das coisas que posso dar sem dó. Hoje, só hoje, acredito que poderia viver sem a comida e sem a vontade de comer. Sem a música, sem as estrelas e sem o amor. Hoje, apenas hoje quero partilhar tudo sem medo algum. Escrevi um bilhete e decidi entregar para a primeira pessoa que eu encontrar:

Pegue as estrelas, eu dou elas a você. Pegue os pássaros também, todos. Pegue a aguinha da fonte, as pedrinhas de luz que são os vaga-lumes da noite. Pegue aquela almofada fofinha, aquela que a minha avó bordou. Tem um pintassilgo bordado nela, pegue o pintassilgo também. Se quiser, leve o tapete de buganvílias lá do jardim, pode recolher o que encontrar por lá. Aproveite que hoje estou generosa. Pegue esse ramalhete colorido, coloque num vaso, pegue o vaso também. Quer esse biscoitinho com sabor de avó? Esses docinhos de festa mais doces que pão-de-ló? Pegue, pode comer, são seus. Quer esse vidro de perfume com cheirinho de alfazema? Quer esses óculos com paisagem de montanha? Quer a montanha? Quer todas as letras do alfabeto e o meu livro do Mágico de Oz? Quer a lua e o sol? Quer os bonequinhos de biscuit da vó? Aqueles que ela coleciona na mesinha de centro da sala e me proíbe de pegar. Pegue, mas não vá quebrar! Quer o relógio de parede? Quer o tempo? Quer as latinhas com moedas dentro? Vamos, leve tudo, eu te dou toda coisa mágica que o mundo já fez. Tudo isso eu posso dividir. Hoje, apenas hoje, desconfio que uma borboleta poderia nascer de mim.

12 DE AGOSTO

Hoje Tomás levou uma faca para a escola outra vez. Isso já tinha acontecido e prometi não contar. Pedi: "Tomás, me dá essa faca para eu guardar". Ele não gosta de me desafiar, respeita muito meu coração, fala que sou uma joia pra ele. "Então me dá." Ele deu. Comentou assim: "Essa faca é somente para eu me proteger". Fui cautelosa, a vó me ensinou que é preciso cuidar. Guardei a faca comigo. Sou imperiosa, feita de fogo, mas aprendi a lição. Não adianta muito a gente matar.

15 DE AGOSTO

Estou ajudando Tião a aprender a ler. Tião é afilhado do vô mais da vó. Ele passa uns tempos sumidos depois volta, depois some outra vez. Tião é um andarilho, tem a liberdade de um bicho solto, em Tião ninguém põe coleira. Tião não tem uma perna, por isso chamam ele de Tião aleijado. A vó conta que foi um crocodilo que comeu metade da perna dele. As crianças da rua têm medo, porque Tião fica falando sozinho, mas sei que ele não é doido. Acho que só finge que é para se proteger.

Ontem Tião esteve aqui, a vó deu um prato de sopa com pão para ele comer. Eu estava sentada no alpendre com meus cadernos de caligrafia, perguntei: "Ô Tião, você sabe ler?" Ele balançou a cabeça, falou com aquela voz grossa que ele tem "sei não". "Então vem cá que eu vou te ensinar." Tião estava com a boca entupida de pão, a muleta deitada no chão, seus olhos esbugalhados que os olhos de Tião parecem ter fome de mundo, parecem querer comer tudo. Mostrei pra ele: "a e i o u, repita assim a e i o u". Tião me olhou com olhos cheios de brumas. Mas não desisti. O vô estava balançando em sua rede e brincou: "Deixa o Tião quieto, minha flor". Ah, mas eu não deixo não. "Tião, não se preocupe, vou ensinar você a ler e escrever." Decidi, imperiosa. Ele ficou me olhando com a boca cheia de pão. O vô na rede com seu cachimbo: "Essa menina quer ser a mãe do mundo".

17 DE AGOSTO

Estou muito empenhada em ajudar Tião, passei a manhã preparando umas lições de caligrafia para ele fazer. Recortei uns cadernos velhos que nunca usei. Estou muito animada. Ajudar Tião acendeu uma brasa em meu coração.

19 DE AGOSTO

Colocaram um orelhão na pracinha. Até parece que uma nave espacial pousou na nossa rua. O povo fica fazendo fila só para ouvir o zumbido do telefone, ficam ligando para ninguém e gritando "alou, alou". O povo daqui é muito besta. Se encanta mais com telefone do que com passarinho.

20 DE AGOSTO

Olímpia está doente. Passei o dia com o coração nas mãos feito uma pedra quente. Fui até o Bar da Curva, mas não consegui entrar. Tomás entrou, porque Tomás eles deixam entrar, oferecem cerveja para ele, oferecem até mulher. Uns bêbados por lá ficam dizendo "Ô, menino, está na idade de você cheirar umas bucetas", e caem na gargalhada com suas bocas grandes, aquelas bocas que quando se abrem parecem soltar uma fumaça podre, uma fumaça capaz de incendiar o lugar.

Tive vontade de brigar, colocar todos para correr, mas fui lá para ver Olímpia, não podia correr o risco. Pedi então a Tomás. Ele faz tudo por mim e entrou, fingiu que queria bebericar, tomou uns goles de cerveja quente. Como quem não quer nada, perguntou: "Olímpia está?". Os bêbados responderam: "Aquela lá adoeceu de tanto dar". Aquelas palavras doeram em mim, pareciam ter sido ditas para ferir Olímpia, então peguei elas, peguei cada palavra e guardei em mim. Eu por Olímpia faço tudo. Tomás investigou: "Doente?"

Explicaram pra ele que Olímpia amanheceu quente, como se tivesse dormido numa cama de brasas, que tossia e delirava parecendo dar voltas, muitas voltas dentro de si, ficava falando assim: "Meu menino, vão te matar". Eu ouvia escondida e queria muito entrar, ajudar Olímpia, dar uma sopa quente para ela, dar um xarope pra ela, cantar pra ela ficar calma e melhorar. Mas não me deixaram cuidar da minha amiga. Quando me viram perto, me mandaram embora. Saí de lá derramando todas as minhas lágrimas. Foi Tomás quem me acalmou: "Não se preocupe, amanhã eu volto lá".

21 DE AGOSTO

Parece que Olímpia está melhor. Tomás me trouxe notícias e fez apagar um pouco o fogo de medo em meu coração. Retomei as aulas com Tião, mas elas não estão progredindo. Tomás até está me ajudando. Eu ensino as letras e ele os números. Mas Tião é preguiçoso, bonachão. Mal dá dez minutos de aula, ele já fala: "Quero pão". Tião fica sonolento, os olhos cheios de nuvens, borrados. Eu falo: "Presta atenção, Tião!" Ele passa os dedos nos olhos, que se turvam ainda mais. A vó é que percebeu: "Ô, Tião, você não tá vendo bem?" Foi então que percebi também. Tadinho de Tião, as letras dançam e se apagam diante de seus olhos, se escondendo dentro da brancura do papel. Fiquei contrariada. Como ensinar Tião? Foi quando lembrei: há pessoas que aprendem melhor pelos ouvidos. "Tião, eu não vou te ensinar a ler e escrever, vou te ensinar a ter imaginação". Passei a tarde contando histórias para ele. Ele deve ter gostado, porque, quando terminei, saiu falando sozinho, apoiado em sua muleta, todo torto e desajeitado, um boneco de lata desgracioso, rangendo e repetindo as frases da história que contei:

Sonhar o sonho impossível,
Sofrer a angústia implacável,
Pisar onde os bravos não ousam,
Reparar o mal irreparável,
Amar um amor casto à distância,
Enfrentar o inimigo invencível,
Tentar quando as forças se esvaem,
Alcançar a estrela inatingível:
Essa é a minha busca

Tião é o meu Dom Quixote.

24 DE AGOSTO

Vi Olímpia hoje. Eu ia passando, ela me chamou: "Ei, vem cá, minha flor!" Atendi como se minha mãe me chamasse da janela. Olímpia com seu cigarro, uma caneca de café e os olhos cheios de sol... Perguntei que doença ela tinha. Ela não respondeu, falou só que às vezes a gente adoece de amor.

Disso eu entendo, contei para ela quando adoeci assim, uma vez tia Azul me enganou, me deu o endereço falso de Maria. "E você acreditou?", Olímpia deu uma gargalhada enorme e me senti muito estúpida, aquela gargalhada me humilhou. "Não me olhe assim", ela disse, "veja, terminei o lenço". Ela me entregou o lenço que bordou para mim. Um lenço lindo, com rendinhas nas bordas e um passarinho amarelo bordado com um raminho verde ao redor. Olímpia me olhou: "Não precisa ser tão boba, agora vá". Coloquei o lenço no bolso da camisa, montei em minha bicicleta. Dava pra sentir o passarinho do lenço batendo no meu coração.

25 de agosto

Ontem coloquei o lenço que Olímpia me deu debaixo do meu travesseiro. O passarinho bordado no lenço cantou a noite inteira. Amanheci com a cabeça cantando.

26 de agosto

Hoje tia Clécia nos falou sobre as Pirâmides do Egito. Eu já conhecia um pouco do assunto porque Sherazade me contou. Gosto muito das aulas de tia Clécia, quando ela fala parece que estou lá. Tivemos que memorizar: As principais pirâmides são Quéops, Quéfren e Miquerinos, na península de Gizé. Estou muito fascinada. A esfinge, os faraós, as joias escondidas, os pergaminhos. Ah! meu Deus, eu fico tonta com as coisas do mundo.

29 de agosto

Tomás me deu um jabuti. Batizei ele de Tião, em homenagem ao meu amigo Tião. E também porque o jabuti anda meio torto, vagaroso que nem o Tião. Agora essa casa tem cachorras, papagaio, jabuti, eu, a vó mais o vô. O amor é mesmo uma coisa que cresce.

31 de agosto

Hoje encontrei um mendigo na rua. A vó me mandou na padaria. O mendigo falou assim: "Ei, coisinha". Tenho ódio que me chamem de coisinha, mas às vezes eu perdoo. Dividi com ele um pão.

1 DE SETEMBRO

Tomás, Adelina e eu passamos a tarde no quintal, escavando a terra. Encontrei uma pedrinha. Com a lupa do vô, examinei ela, queria ver seu brilho com meus olhos de microscópio. Adelina encontrou uma conchinha quebrada. "Puxa vida! Essa conchinha eu trouxe do mar", falei lembrando de quando fui pela primeira vez com minha mãe ver o mar. Peguei a conchinha quebrada, esfreguei ela na barra da blusa. Tomás encontrou uma bolinha de gude verde também quebrada. Aquela bolinha foi do vô. "Olha o que eu achei também", Adelina ficou toda espantada, segurando um botão. "Isso aí era da vó", eu disse.

Encontrei ainda o braço de uma boneca antiga, a boneca já não existe mais. "Essa boneca eu ganhei do vô quando fiz cinco anos", contei, segurando o braço de plástico que tinha o peso de mim todinha nele. Juntamos tudo que encontramos no quintal e colocamos na mesa da sala. Ficamos admirados de ver tanta coisa. A gente se sentiu arqueólogos de nós. Estou muito ambiciosa por saber que tenho muitos tesouros em meu quintal. Eu agora quero escavar e descobrir as camadas de todas as coisas: flores, pedras, bichos... quero escavar até as camadas do vô, da vó, da Adelina e do Tomás. Cheguei perto da vó com a lupa. Ela falou assim: "Ah! Minha filha, muitas camadas tem o coração".

2 DE SETEMBRO

Aprendemos a fazer uma máquina de fotografar com uma lata. Foi o vô quem ensinou. Ele chamou eu mais o Tomás e a Adelina. Explicou: "a gente cola o papel cartão dentro da lata pra que não entre luz nenhuma... aí faz um furo na parte lateral da lata, usando um prego que nem esse aqui... Agora faz um pequeno quadrado com o alumínio da lata e cola do lado de fora da máquina fotográfica... agora a gente cola o quadrado de alumínio na lata". Foi incrível ver o vô fazendo a máquina. Fizemos muitas fotos. Adelina decidiu que vai ter como profissão fotografar. "Eu quero fotografar todas as coisas do mundo", ela revelou.

5 DE SETEMBRO

Apareceu um galo no nosso quintal esses dias. A gente não sabe de onde ele veio, mas logo chamou nossa atenção porque ele tinha uma pena de ouro. O vô examinou com sua lupa. As cachorras ficaram muito agitadas, latiram, o vô precisou amarrar elas. Ele disse que nunca viu coisa igual. Um galo com uma pena de ouro! Pensei que podia ser lucrativo uma raridade assim. Contei lá na escola, divulguei com o povo da rua. Ficou todo mundo curioso. Comecei a cobrar para quem quisesse ver o galo com pena de ouro. O vô não gostou, me chamou de trambiqueira. O galo ficou agitado, não parava de cantar.

Hoje, quando voltei da escola, ele fugiu. Pulou o muro, Tomás e eu fomos atrás. Mas o galo sumiu no mundo, parece até que nem existiu. Se eu não tivesse mostrado ele pra todo mundo, se o vô também não tivesse visto, eu ia jurar que aquele galo com pena de ouro foi pura invenção.

7 DE SETEMBRO

Hoje fomos até o pátio da escola. Pintaram a cara da gente de verde e amarelo, cantamos o hino da independência e marchamos em volta da escola. Tia Cacilda ficou com uma vareta na mão, fingindo ser a dona do mundo. Cheguei em casa com os pés doendo de tanto marchar, meus ouvidos cansados da voz esganiçada dela gritando: "Ordem e progresso". Agora que é diretora, tia Cacilda usa e abusa de seu poder, pensa que manda em todos nós, vive falando: "Obedece quem tem juízo". Ela se arrisca demais, não sabe por acaso que não é dela a mão que dita a lei? Tia Cacilda está turvada de ambição, não enxerga um palmo diante de seu nariz. A escola está toda debaixo de sua palmatória, ela prometeu botar ordem, disse que tia Odalina era muito pacienciosa, molenga demais. Fala que as coisas se resolvem com disciplina, se esquece totalmente do amor. Tia Cacilda é incapaz de reconhecer a relevância de uma flor. Só fala em ordem, ordem, ordem. Sua boca tem repertório encurtado, sua fala é dura, só conhece palavras que machucam.

Eu gostava mais quando tia Odalina era diretora, a fala de tia Odalina é rio, seu jeito de falar é água. Ela nos colocava para ler, nos fazia inventar peças teatrais. Lembro quando construímos um barco gigante de papelão, inventamos um mar no pátio da escola. Foi uma peça muito bonita. Mas é isso, tia Cacilda vai passar, ninguém vive para sempre, a vó diz "não há mal que perdure". Quando cheguei em casa, o vô ensinou: "Não existe independência no Brasil". A vó, costurando em seu bastidor, olhava por debaixo de suas lentes borradas, mirando a televisão: "O ano do frango, salve a economia nacional!" O vô deu risada. Bati continência para ele: "Os grilhões que nos forjavam da perfídia astuto ardil". Ele perguntou: "Sabe o que é perfídia, minha flor?" O vô pensa que me pega.

8 DE SETEMBRO

Tomás ganhou um burrico do vô. Tomás gosta muito de bicho e foi por isso que meu vô falou: "Vou te dar um burrico para você cuidar". Ajudei Tomás a levar o burrico até o fundo de sua casa. Ele puxou o bicho por uma corda, eu dando maçã para ele comer. Chegando à casa de Tomás, a gente viu o pai dele furioso, a mãe gritando "valha-me, Deus!" Tomás largou a corda, fiquei segurando para o burrico não fugir. Tomás foi socorrer sua mãe, caída no chão. O pai dele atirou na cabeça dela uma pá. Quando vi aquilo, fiquei furiosa, me deu vontade de matar. Mas a mãe de Tomás é imperiosa, cheia de fogo que nem eu. Levantou um bocado zonza, coitada, tropeçando em seus próprios pés. Afastou Tomás, precisou de um instante para se reencontrar, como se estivesse perdida, descomposta em outro lugar. Quando deu conta de si novamente, gritou: "Agora você corra, porque vou lhe matar".

O pai de Tomás gritou: "Você vai ver, sua puta". Ela então agarrou a pá, foi para cima dele. Nunca vi mulher tão imperiosa, quero ser assim quando eu crescer. Ela espancou o pai de Tomás, que vive ébrio, é um bonachão. Ela, com a pá na mão, esbravejou: "Seu toco de bosta, se encostar em mim de novo, eu mato você". Tomás ficou enervado, ele não gosta do pai, falou pra mim: "Vamos embora daqui". Saímos, ele muito bravo, carregando o burrico pela corda. E eu atrás, com metade da maçã na mão.

9 DE SETEMBRO

Pedi para a vó desfazer minhas tranças. Sou várias, imito estações. Hoje voltei a ser árvore, os cabelos cheios que nem cachos de buganvílias. Eu, quando estou árvore, esse também é meu poder.

10 DE SETEMBRO

Adelina me contou um segredo. E eu, quando recebo o segredo de alguém, é a mesma coisa de receber um cristal. Ela falou que a irmã dela vai ter um bebê. Na verdade, não vai ter, porque vai mesmo é tirar. O pai de Adelina é pastor, não pode saber. A irmã dela só tem quinze anos. Adelina contou assim: "A gente vai na casa da prima Sula pra ela tirar, você quer ir junto?" Sou curiosa, respondi que sim. Eu vou.

11 DE SETEMBRO

Hoje segurei um vaga-lume na mão.

16 DE SETEMBRO

Fomos até a casa da prima de Adelina. A irmã dela estava muito assustada, falei para ela: "O medo confunde a gente". É o que minha avó sempre diz e eu repito como se fosse o seu papagaio Temístocles. A prima de Adelina levou a gente para um quartinho escuro. A irmã de Adelina se chama Tânia, a gente chama ela de Taninha. Sula falou assim: "Deita aqui, Taninha". Ela se deitou, Adelina e eu olhando para ela com as pernas abertas.

Uma vez eu vi a vó ajudando uma mulher a parir, vi as pernas abertas, a xota da mulher carnuda e cheia de pelos. Vi a criança saindo, as mãos de minha avó segurando. Foi uma das experiências mais comoventes da minha vida ver uma pessoa chegar ao mundo.

Agora era um pouco diferente. Adelina queria desistir, me chamou para a gente sair dali. "A gente já veio até aqui, Delina, não dá pra fugir." Sula pediu silêncio, mandou a gente esperar na sala. Falei que não, fui imperiosa: "A gente vai ficar". Taninha estava apavorada, pálida, tremendo todinha. Sula começou. Não demorou, o que demorou veio depois, porque Taninha começou a sangrar muito. Adelina não parava de chorar. Sula estava confusa, já tinha feito aquilo uma vez. Taninha estava já para desmaiar. Saí apressada, chamei pela vó, ela estava limpando uns peixes na pia, a faca afiada na mão. Limpou as mãos e me segurou pelo braço. Levei ela até a casa de Sula. Foi uma confusão. A vó atordoada: "Essa menina vai morrer". Taninha já desmaiada, Adelina querendo desmaiar também, mas avisei: "Você não desmaie não!"

A vó pediu nossa ajuda, água, panos limpos, soro, tudo que a gente pudesse arranjar. A vó fechou a porta, não deixou a gente ficar. Sula saiu, voltou com Dona Cátia, amiga antiga de minha avó que é enfermeira. Ficaram lá trancadas um tempo, depois a mãe de Adelina e Taninha apareceu. Mais tempo trancadas. Quando elas saíram, a vó avisou: "Ninguém pode saber o que aconteceu". Desejo da mãe de Taninha, o pai dela é pastor, mata ela se souber. A vó salvou a vida da irmã de Adelina. Pedi perdão para ela, pois a gente só queria ajudar. A vó, que já ajudou tanta gente a chegar ao mundo, conversou comigo: "Há que se aprender os dois lados do mundo, minha flor, eu, do mesmo jeito que já ajudei a chegar, ajudei a tirar".

A vó ficou tristonha. Mas era como um lago calmo em seus olhos. Ela tem o dom de aprender as coisas sem se assustar.

17 DE SETEMBRO

Contei para a Olímpia o que aconteceu. Pedi segredo, sei que nela posso confiar. Olímpia é sapiente, mesmo quando escuta e fica só calada, fumando. Parece que já viveu muitas vidas, ela às vezes olha de um jeito que mais parece a dona Bilu ou o seu Gileno, as pessoas mais antigas que já conheci. Tem dia que o sol que Olímpia tem nos olhos se apaga, fica coberto por umas brumas e ela parece se afastar, se afastar feito um pássaro longe.

Contei como foi feia a coisa toda, aquele monte de sangue, a irmã de Adelina gritando, o bolinho de cera que saiu das pernas dela. Olímpia apagou o cigarro, jogou a bituca bem perto de mim e contou: "Eu também já tirei. E foi mais de uma vez". Fiquei com um pouco de vergonha daquela revelação, baixei os olhos, procurando o chão. Olímpia gargalhou: "Se você fosse minha, eu não tirava você". Foi a mesma coisa de ela colocar uma rosa dentro de mim.

18 DE SETEMBRO

Dormi com a vó ontem. Tive um pesadelo e fui deitar com ela. Ela disse: "Teve pesadelo com o quê, meu amor?" Respondi: "Vó, se eu te contar, a senhora vai morrer de medo". Ela não insistiu. Me enfiou debaixo da coberta, me abraçou. O vô tem mania de madrugar na rede, gosta de ficar pendurado debaixo das estrelas, a cara tomando banho de luar. Ficamos, eu mais a vó, sozinhas, agarradinhas na cama. Quando a gente acordou, ela brincou comigo. Dedilhava minha barriga e falava: "Você é meu pianinho, tilinttintim tilintintim". Depois dedilhava minhas costas até chegar no peito, contava costelinha por costelinha: "Agora você é a minha arpinha, tlimmm tlimmmm tlimmm". Depois batucava minha bunda, "tchiquitum tchiquitum... você é meu tambor". Depois soprava meu rosto, dando beijinhos, "fiiuuuu fiuuu fiuuu, você é minha flautinha". Eu rolava de rir. "Vó, eu sou a sua orquestra inteira?" Ela me olhou com plácidos olhos: "Você... você é a minha música, meu amor".

21 DE SETEMBRO

Hoje eu saí para passear com as cachorras. Elas foram em cima de seu Abel, porque ele gritou com elas. São ternas, mas também são imperiosas, sabem brigar. Ele chutou a Brisa. A Mel e a Flor avançaram. De raiva, ele bateu na Flor, foi tão raivoso o golpe, que a pata dela quebrou. Depois, ele se justificou para o vô, falou: "A cachorra me mordeu, precisei me defender". O vô fingiu aceitar a explicação, colocou um curativo na pata da minha Flor. A bichinha passou o dia mole, as outras duas em volta dela, dando carinho. Teve uma hora que não aguentei e comecei a chorar. Chorei até molhar o quintal inteiro. Eu mesma nem me reconheci, me perdi toda naquelas águas minhas, quase me afoguei. A vó veio me socorrer, me colocou no colo, me balançou: "Não fique tão desconsolada, minha flor". Aquela patinha quebrada me machucou muito. Às vezes, o mundo não tem pena de fazer a gente sofrer.

23 DE SETEMBRO

Hoje foi a maior confusão na escola. Tia Cacilda deu suspensão em Ivan, Felipe e Tomás. É que ela pegou os três batendo punheta no fundo da escola. Ivan explicou: "Era só uma competição". Ela ficou furiosa, agarrou na mão dele e esbofeteou. Tomás ficou rindo, disse assim: "Cuidado que a mão dele está com cheiro de pinta, tia". A gente riu, porque foi engraçado quando Tomás falou isso. Tia Cacilda se enervou ainda mais: "Quem abrir a boca leva suspensão".

Ela é obcecada com essa história de suspender a gente, é suspensão para lá, suspensão para cá. Acha que tudo é delito da mais alta necessidade de punição. A gente ficou pianinho depois que ela ameaçou. Decretou para os três: "Uma semana de castigo na diretoria". Tomás ficou contrariado, os pais dele não iam gostar. Comentei: "Uma semana de castigo por umas punhetas!?" Tomás riu, o dente torto dele aparecendo, tão bonito: "Você não conte essa história ao vô, hein!" Prometi não contar, mas pedi em troca: "Me mostra, Tomás? É que eu nunca vi". Tomás ficou sem jeito, mas ele não gosta de me negar. "Só essa vez", ele avisou, e mostrou. Fiquei analítica um instante, ele sem jeito, a cara mudando de cor, os olhos perdidos sem direção. Comecei a rir: "Pode guardar". Quando ele guardou, falei: "Adelina é muito mais eu que você".

24 DE SETEMBRO

Está muito chato ficar na escola sem Tomás. Ele, Ivan e Felipe passaram a manhã na diretoria. Levei para eles um pedaço de bolo de milho que tia Lurdinha fez, mas tia Cacilda não deixou entregar.

Tem prova semana que vem, estou sem paciência para estudar. Ainda tem a tristeza de Adelina. Ela sente culpa pelo que aconteceu a sua irmã, me disse que tem pesadelos desde aquele dia, fica sonhando com uns bonequinhos de cera, uns anões verdes que lhe aparecem no meio do sonho para falar: "Adeliiiiina, Adeliiiiiina". Coitada, está perturbada. Falei pra ela hoje no recreio: "Deita aqui no meu colo, Delina". Se o vô estivesse lá, ia dizer: "Essa menina pensa que é a mãe do mundo". É que eu às vezes tento consertar o mundo com carinho.

26 DE SETEMBRO

A vó hoje foi ao médico. Ela disse que tem muitas pedrinhas dentro de si. Vai ter de operar. Brinquei com ela: "Vó, a senhora é um rio cristalino com pedrinhas de brilhantes para a água passar".

28 DE SETEMBRO

O vô ganhou um terreno no bingo. A vó ficou espantada: "Um terreno?" "É", ele falou, "é coisa pequena, mas já consigo imaginar: uns alpendres, umas redes, umas ramas verdes, uns cachos de buganvílias e galinhas pra gente criar". Fiquei admirada, o vô parecia descrever o paraíso. "Amanhã a gente vai lá", ele prometeu. Vou dormir com esse lugar debaixo do travesseiro.

29 DE SETEMBRO

Foi um domingo espetacular! O vô levou a gente para conhecer o terreno, passamos o dia mexendo na terra, podando árvores, arrancando capim. A vó gostou muito, disse que vai para lá descansar depois da operação em sua barriga. Tomás e Adelina foram com a gente. O vô me deu uma navalha, falou: "Para você cortar o capim". Adelina e Tomás ganharam faquinhas de cozinha para ajudar. O vô confiou na gente.

Tomás levou o burrico dele para pastar. As cachorras também foram. Todo mundo no caminhão do vô. Aramos a terra, molhamos uma horta que já existe lá. Tão lindo ver a água espichar da mangueira, fazendo um arco-íris atravessando a luz do sol!

O vô, com a enxada na mão, me chamou: "Vem me ajudar aqui, minha flor". Me sentindo uma desbravadora, fui até ele. Ele explicou o que fazer. Senti que a gente estava dentro de um quadro, ou melhor, a gente era o quadro. Os plantadores de batata. "Quem?", o vô perguntou. Contei a história da pintura que tia Odalina mostrou para a gente no livro de Português. O vô não deu muita bola: "Deixe de ser tão conversadeira, preste atenção".

Passamos o dia trabalhando na terra, a vó ajeitando o fogão a lenha, ela até acendeu para a gente ver. Uma coisa linda ver a brasa crepitar, a vó abanava com um pedaço de papelão, uns vaga-lumes de fogo estouravam no ar.

Tomás, Adelina e eu já estamos planejando a nossa vida naquele lugar. Vamos plantar muitas coisas. Vou plantar morangos, girassóis, rosas, cristais. "Cristais se planta?" Adelina perguntou. "Mas é claro, tudo que se planta dá." Já tem até nome nosso pequeno sítio.

O vô fez uma plaquinha de madeira, escreveu: "Sítio O Beija-flor". Quando ele pendurou a placa por cima do portão, um beija-flor todo azul pousou. A gente ficou espantado. O beija-flor molhou a placa de azul e voou. Meu vô não aguentou, chorou feito menino. "É que a ternura às vezes dói", a vó explicou.

8 DE OUTUBRO

A vó fez a operação, está se recuperando bem. O vô faz sopas para ela. Estou sem tempo, pois ajudo cuidando da casa e dos bichos, pratos e pratos para eu lavar, roupa para pendurar no quintal. Tem o papagaio Temístocles mais as cachorras e o jabuti, dou comida, levo eles para passear. Estou ocupada demais com a vida e sem tempo para escrever.

Guardei o vidrinho com as pedrinhas que o médico tirou da barriga da minha avó, fico analisando elas com a lupa do meu avô. Devem ser muito valiosas, já que saíram de dentro de alguém como minha vó. Ela é igual a uma ostra, capaz de fazer pérolas. Perguntei para o vô: "Será que posso vender?" Ele disse assim: "Você é quase uma ourives, menina". "Que é ourives, vô?" Ele então me explicou e fiquei vaidosa. Agora quero ser ourives de tudo. De palavras, de plantas, de pedras, e até de pessoas.

9 DE OUTUBRO

Hoje vi Felipe na janela do ônibus, olhando a paisagem, ele sorria tão bonito que senti inveja. Eu daria a pétala de uma flor para ver o que ele via.

10 DE OUTUBRO

Hoje o meu colega Ivan chegou de mansinho em tia Odalina, pediu cafuné. Pediu assim: "Me dá carinho, tia". A tia respondeu: "Menino dengoso, é carinho que você quer?" A cabeça dele amoleceu, caiu no colo de tia Odalina, quase querendo chorar. "Que foi?", ela perguntou. "Nada não, tia." Mas a tia foi teimosa, insistiu: "conta pra tia". Ela falou que coração de criança se abre fácil, feito fruta que basta furar.

Aí o Ivan disse assim: "É que sonhei outra vez com o dia que mataram meu pai". A tia já sabia, foi assunto na cidade o dia em que cortaram a cabeça do pai de Ivan. Ela parou de fazer o cafuné, mas ele pediu "não para o cafuné, não, tia, tá gostoso assim". Tia Odalina ficou toda assustada, segurando a cabeça no colo.

11 DE OUTUBRO

Passei na casa de minha tia Azul hoje, quando voltei da escola. Não demorei muito por conta da minha avó, que ainda precisa de mim. Tia Azul estava com saudades, me deu almoço e um pote de sorvete de coco. A gente ouviu Alcione. Tia Azul achou graça de mim dançando no meio da sala com o pote de sorvete na mão. É que eu amo muito a Alcione, acho as músicas que ela canta cheias de paixão! Mas gosto mesmo é porque acho ela muito parecida com minha avó. Quando vejo Alcione, quando ouço ela cantar... fecho os olhos e, onde eu estiver, é na minha vó que vou pensar. Tia Azul me deu um pôster dela hoje. Colei na parede, bem em cima da cabeceira da minha cama. Quando o vô viu, comentou assim: "Minha menina sem juízo". O vô e eu, a gente tem jeitos parecidos de gostar.

12 DE OUTUBRO

Hoje a gente jogou queimada na escola. Foi a maior confusão. Só porque eu, quando pego na bola, fico furiosa. Derrubei de uma só vez três guris no chão. Tia Cacilda pegou a bola, proibiu brincadeira no pátio da escola. Ela é ébria com o poder, não larga aquela varinha da mão, até parece um terceiro braço seu. Fica apontando aquela coisa para a gente: "Parem! Não corram! Não brinquem! Não respirem!" Dessa vez eu não briguei. Estou um pouco calejada de levar suspensão.

Estou pendurada em matemática, mais um castigo e é bem capaz de eu repetir o ano. A coisa está tão perigosa para o nosso lado, que tia Cacilda agora faz o vigia da escola nos revistar. Todo dia é um passa passa de mão daquele homem na gente, abre até as mochilas, os estojos. Tomás veio me perguntar: "Você guardou a faca em casa?" Ele pensa que sou besta, mas a faca dele eu guardei. Imagine se me pegam com uma faca na escola, tia Cacilda é bem capaz de enfiar minha cara num ninho de vespas.

13 DE OUTUBRO

A vó está se recuperando bem. A gente fica paparicando ela. Hoje eu abri uma exceção, pois não sou de arrancar flores, mas a vó merece. Arranquei umas rosas amarelas lá no jardim de seu Juvenal. Ele é boa gente, faz questão de partilhar suas rosas. Escolhi com cuidado, fiz um ramalhete polpudo. Agradeci ao seu Juvenal, depois levo um bolo de coco pra ele. Acontece que estava eu andando de volta para casa com o ramalhete de rosas amarelas na mão, quando uma abelhinha dourada pousou em cima. Caminhei devagar, não queria causar nela um susto de espantar. Ela ali, agarradinha na pétala, tentando se enfiar e mergulhar em mel. Entreguei o ramalhete para a vó quando cheguei, ela viu logo a abelhinha pousada, devia estar já tonta de tanto mel. Os olhos da vó marejaram com o presente. Mas foi ela mesma quem me ensinou que o mundo mostra o melhor jeito de cuidar.

14 DE OUTUBRO

Hoje o mundo abriu uma grande ferida em mim.

15 DE OUTUBRO

Fomos ao enterro do meu amigo Felipe. Depois da escola, ele saiu com sua bicicleta, desviou o caminho, não foi para casa como todos nós. Foi disputar punhetas no fundo do cemitério e uma bala que se perdeu no vento o acertou, derrubando ele da bicicleta. Dizem que a bala escapou da mão do tio da Amerinda, a ruivinha que estuda na segunda série. Ele fugiu. Perguntei: "Amerinda, por que o seu tio teve de matar o Felipe?" A menina indagou: "O que é matar?". Estava tudo muito triste, tão triste que ninguém viu quando um passarinho começou a cantar bem em cima do caixão.

16 DE OUTUBRO

O coração humano é feito uma terra. A gente pode cavar, cavar, cavar, e não acabar jamais o caminho. É que, quanto mais eu cavo, mais fundo fica, e no caminho há muitas pedras, peçonhas e restos de tantas coisas que eu nem sei. Desde ontem, muitas perguntas se grudaram em mim feito umas sanguessugas e chupam meu sangue e meus pensamentos.

A gente brincava muito, o Felipe, Tomás e eu. Felipe gostava de brincar mais com o Tomás, porque disputavam no jogo de punhetas e eu, como não tenho como bater punheta, não me deixavam brincar. Mas a gente jogava bola, queimada, Felipe me deixava colar dele na prova de matemática, eu dava cola em português a ele. Agora tudo isso acabou. Estou assustada, porque parece que de repente a vida vai ser outra. A vida vai ser o contrário do que foi.

18 DE OUTUBRO

A escola vai ficar fechada até semana que vem. A cidade está uma neblina só. Quase ninguém sai na rua, nem os galos cantam de manhã, parece que o mundo desistiu, a vida parou, tudo sumiu. Eu fico de tocaia esperando um passarinho, um beija-flor, uma formiga... até um sapo estou aceitando se assim puder. Mas nem isso. Tudo está recluso. Até parece que as coisas foram engolidas junto com a vida de Felipe.

Não tem a sineta do vendedor de picolé, não tem o barulho de motor do caminhão do vô, não tem a música alta do vizinho, nem o cacarejo das galinhas, nem os gritos das gatas nos telhados. Nada, nadinha.

Só mesmo um pé de vento que vi, saí alucinada, tentando pegá-lo nas mãos, era o único sinal de coisa viva, porque um pé de vento tem vida dentro de si. Mas o pé de vento fugia de mim. Eu precisava pegá-lo, pois, salvando aquele pé de vento, eu garantia que as folhas pudessem brincar e rolar no ar que nem mágica, como antes. Eu queria as coisas de antes, as coisas vistas com meus olhos de fogo. Mas o pé de vento sumiu. Sumiu e eu caí num choro molhado, tão molhado que afogou a rua, a cidade, e fez sumir o planeta Terra inteirinho. Acordei tão assustada. Gritei pela vó. Ela veio me buscar, me levou para sua cadeira de balanço, me colocou em seu colo, falou assim: "Devagar, por causa da barriga da vó". Sentei com calma, mas soluçante, não queria machucar. Ela me balançou e disse assim: "O mundo é um lugar cheio de defeitos, meu amor".

Ela balançava a cadeira com seu pezinho de avó, me protegendo das sanguessugas, do medo, do lodo e daqueles tentáculos querendo me pegar. Eu, que não sou de chorar, aceitei o colo. No colo da vó eu era uma pessoa. Ela sussurrava no meu ouvido, me estalava uns beijos e contava uma história que, de tão valiosa, vou guardar, e só de medo de perder essa história não vou escrever. A história da vó me fez chorar ainda mais. Depois da história, as águas revoltas em mim mudaram de lugar. Fiquei mareada, cansada. "Dorme, minha criança, seu coração precisa descansar", aconselhou a vó. Aceitei. E descansar foi meu jeito de aliviar o mundo pelo que fizeram com meu amigo Felipe.

19 DE OUTUBRO

Acordei com o coração limpo.

20 DE OUTUBRO

Tia Azul veio nos visitar. Levamos ela para conhecer o sítio. "Tia Azul, escolhe qualquer coisa para eu te dar", ofereci. Ela ficou ambiciosa: "Qualquer coisa? Mas não é você quem diz que não se deve dar tanto horizonte aos desejos de alguém?" Respondi: "Mas em você eu confio, sei que será ponderada, não vai pedir coisa que não posso dar". Ela então escolheu uma teia de aranha espichada nas grades do portão de entrada, e escolheu a aranha também. Uma aranha linda, transparente, que mais parecia uma gota de orvalho. "Então, enquanto ela estiver aqui, é sua." Estava decretado o presente.

Depois disso, a tia Azul se afastou, foi para um canto cochichar com a vó. Estiquei os ouvidos e algumas palavras passaram no ar, eu tentando agarrar como se fossem mosquitos. Não entendi muita coisa, mas ouvi o nome de Olímpia e isso fez eu esticar ainda mais os ouvidos. Ouvi o nome de Olímpia, a tia Azul falando que "só Deus sabe o que aquela moça tem na cabeça, só Deus sabe como deve estar seu coração". O que havia acontecido com Olímpia? Só de imaginar, minha cabeça mudava de lugar, eu já não estava mais ali, queria ir correndo ver minha amiga, saber o que aconteceu. Mas tive de disfarçar, a vó falou baixinho: "Perder um filho é a maior de todas as dores, mesmo para ela, pobrezinha".

Olímpia, filho, perder um filho, pobrezinha, Olímpia, coração. Fui pegando as palavras e colocando elas juntas, como se estivesse montando um quebra-cabeças. Muitas peças faltavam, eu fiquei zonza tentando ver um sentido naquilo tudo. Não sei como, mas de repente o nome de Felipe caiu bem na minha cabeça, feito uma pedra.

Dei um grito, tia Azul e a vó me olharam, disfarçaram, mudaram o assunto. Quando cheguei em casa, guardei as peças dentro de mim. Chamei Tomás, ele precisava me ajudar a descobrir, eu precisava montar aquele quebra-cabeça. Fomos de bicicleta até o Bar da Curva, ele entrou, perguntou por Olímpia. Mas nem os bêbados quiseram fazer graça. Todos sentados, os copos limpos e vazios. Tudo parado de moscas, um silêncio frio. Olímpia estava de cama outra vez, Tomás descobriu, uma febre de brasas, uma tosse de cachorro magro. Tomás me contou que seu Abel esteve lá, foi a maior confusão, proibiram ele de chegar perto de Olímpia, que por causa dele Olímpia ficou daquele jeito. Mas seu Abel tem uma arma, atirou, dizendo que tem poder para matar.

Ficou todo mundo de rabo abaixado feito uns cachorros de rua. Tomás me instruiu: "Olha, prepara teu coração, minha flor". Foi como se meu coração criasse raízes em mim. "Pode me contar, Tomás." Ele então contou tudo que os bêbados do Bar da Curva falaram. Eles, quando se juntam na mesa do bar, desfiam a vida de todo mundo, falaram que seu Abel sempre foi um diabo de padrasto, abandonou Olímpia, mas nunca deixou ela em paz, até hoje vive pousado nela como uma mosca varejeira, como um urubu. E que, por causa dele, Olímpia ficou de barriga, como a irmã de Adelina, mas não quis a criança. Disseram que Olímpia era menina de peitinhos assim miúdos, que nem os meus. Jogou a criança fora e depois esqueceu, o povo falava, apontava para ela na rua, mas ela apenas esqueceu. Aquela criança foi feito um cigarro que ela apagou no chão.

Tomás me contou tudo e os detalhes eram espinhos sendo enfiados, um por um, em meu coração. Foi por causa de seu Abel que Olímpia teve uma criança, foi ele quem enfiou a criança nela, sem ela querer. Foi a peça que faltava para eu encaixar no meu quebra-cabeça. Quando terminei de montar, a imagem de Felipe apareceu, aquele rosto lindo que ele tinha com os dentinhos da frente separados, dois olhinhos cheios de vida, cheios de luz.

Tomás me pediu segredo, esse é um assunto morto na cidade, seu Abel é militar, todos respeitam ele e fingem que esqueceram também. O povo daqui tem olhos, mas finge que não vê. Eu quis ficar ali, esperando da janela, até Olímpia aparecer. Mas o vô foi até lá, me agarrou pela mão, estava magoado comigo porque saí no meio da noite sem lhe dizer. Chorei muito, igual ao dia em que Felipe morreu. Pobre da minha amiga Olímpia. Se eu pudesse, eu dava outro filho para ela. Um filho que ela quisesse ter.

21 DE OUTUBRO

Voltamos hoje para a escola. Até parece que está tudo normal outra vez. Mas no fundo não está. Parece um aquário. Se a gente enfiar um lápis dentro e remexer, a sujeira sobe. Acho que é por isso que ninguém está falando no que aconteceu com Felipe. Tia Odalina deu aula de português, estudamos as figuras de linguagem. Tia Rita deu aula de ciências. Tia Lurdinha preparou macarrão com salsicha e suco de goiaba para a nossa merenda. Passei o recreio brincando de bambolê com Adelina mais as meninas e Tomás. Parece que o mundo recomeçou. Devagar, parado feito água de poça. Mas recomeçou.

Estou de tocaia para ver um pé de vento, uma florzinha balançar, até barata estou aceitando. Como diz a vó: "O mundo não para, se a gente não se segurar, cai". Estou ansiosa como fiquei uma vez, depois de ouvir o padre falando na missa que o mundo um dia vai acabar. Fiquei em pânico, porque acabar para mim é o mesmo que morrer, e eu tenho muito medo de morrer.

Perguntei para a vó como a gente faz para não deixar o mundo acabar, ela respondeu que isto não nos concerne, embora eu ache que concerne um pouco sim. Passo os dias amedrontada, de tocaia, em plena vigília. Atenta para o suspiro das flores, colocando meu ouvido para saber se o mundo ainda respira, se os passarinhos ainda cantam. Atenta à cor de cada dia, se amanhece muito pálido, friorento de nuvens ou febril de muito sol. Estou decidida a ser enfermeira do mundo. E isto não me dá paz. É o dia inteiro eu querendo reparar suas feridas. Passo o dia fazendo cálculos, contando beija-flor, frutas no pé. É uma tortura para mim, que odeio matemática.

Mas essa noite senti muito alívio. A vó me chamou no jardim, era já o comecinho da noite, aquele comecinho de noite que chega sem machucar com uma luz menina no céu. A vó estava em sua cadeira de balanço que range como um violino, o vô com seu pito e seu café. Olhei para cima, as estrelas palpitavam no céu. O mundo ainda estava vivo. Mesmo cansada, me animo, porque sei que, se o mundo ainda está vivo, é um pouco por causa de mim.

22 DE OUTUBRO

Encontrei uma gatinha na rua. Tomás, Adelina e eu colocamos ela numa caixa e trouxemos aqui para o quintal dos meus avós. Ela é astuta e tem umas garras afiadas, apesar de ser ainda uma filhotinha. Batizei ela de Dandara em homenagem a minha heroína. "Heroína?", Adelina perguntou. Ela não é muito boa em história, se esquece das aulas de tia Clécia, que nos ensinou: "Dandara dos Palmares, heroína brasileira". Adelina pegou Dandara no colo, ficou fazendo biquinho como se a gata fosse um bebê de verdade. A gata meteu a unha nela. Tomás riu. "Isso é pra você aprender a prestar mais atenção nas aulas de história, Delina."

23 DE OUTUBRO

A casa está uma confusão. É que as cachorras ainda não aceitaram Dandara morar aqui. Mel, Brisa e Flor latiram o tempo todo. "Assim não vai funcionar", o vô observou. Então, tomei uma atitude, reuni todo mundo no quintal: as cachorras, o papagaio Temístocles, meu jabuti Tião e a gata Dandara. A vó ficou balançando em sua cadeira, observando debaixo de suas lentes borradas. Anunciei: "Nesta casa, ou ficam todos ou não fica ninguém!".

Temístocles repetia: "Coisinha, coisinha, coisinha". Tenho um ódio da porra que me chamem de coisinha, foi Tomás quem ensinou isso, só pra me deixar de cabeça para baixo de raiva. Vontade de enforcar aquele papagaio. Mas ele é o xodó de minha avó e, sendo xodó dela, é meu também. Fui muito séria e imperiosa, só o jabuti não prestou atenção. O vô diz que bicho entende tudo, então vamos ver. Foi a vó que comentou depois que encerrei a reunião: "Bicho e gente... nenhum deles aprendeu ainda o dom de conviver".

25 DE OUTUBRO

Vi Olímpia hoje. O sol de seus olhos estava apagado.

27 DE OUTUBRO

As coisas melhoraram aqui em casa. Brisa, Mel e Flor até já brincam com Dandara. Acontece que a gente descobriu que Dandara é gato. Isso porque o vô é sapiente em bichos. Ele estranhou, pegou Dandara e arregaçou o rabo dela. Quando viu, lá estava um gato escondido dentro das bolinhas. "Vai ter que escolher um nome de gato para ele". Eu não quis. A vó se confunde toda, não sabe como chamar, fica falando ele ela ela ele elaelela. Mas eu não me importo. Dandara é.

28 DE OUTUBRO

A vó está quase boa de sua operação. Já foi no hospital e lhe tiraram os pontos. A gente ficava brincando, chamando ela de costuradinha. Depois do almoço, deitei no alpendre, as cachorras vieram deitar também, junto com o meu jabuti Tião e Dandara. Temístocles não gosta muito de mim, sabe que sou doida para enforcar ele, mas ainda assim ficou ali, empoleirado na cadeira da vó, cochilando também.

Um pé de vento passou perto, as trepadeiras da vó balançaram. Tudo em modo de perfeição. O vô ia passando com seu pito e seu isqueiro, viu a gente e falou: "Essa menina mais os bichos dela". Eu, com os braços cruzados atrás da cabeça, mirava o céu quente, vazio de nuvens, todo melado de azul. Um céu que não parava de se abrir, meus olhos entrando mais longe nele. Se eu pudesse viveria mil vezes essa mesma vidinha besta.

29 DE OUTUBRO

Hoje Adelina, Tomás e eu fomos andar de bicicleta. Fomos até o fundo do cemitério e vimos a cruzinha onde Felipe morreu. Dizem que foi engano, a bala se perdeu e encontrou nosso amigo, que caiu bem ali no chão. Na cruzinha fincada na beira da estrada está escrito: "Felipe Emanoel da Silva Pinto ☆1984 +1996 SAUDADES ETERNAS".

Ficamos em silêncio, olhando a cruzinha, lembrei dos olhos pretos de Felipe, seus dentes separados na frente, seu sorriso de gente. "Olha um pé de vento", Tomás falou. Adelina ficou com medo: "Melhor a gente voltar". Começamos a pedalar, mas as bicicletas pareciam mortas. Eu pedalava e parecia não sair do lugar. Quando chegamos na frente do cemitério, vimos seu Gileno lá. Ele estava colhendo umas abóboras. Ele planta de tudo no cemitério, abóbora, milho, flor. Ele nos cumprimentou: "Boas tardes", tirou o boné, o carrinho de mão cheio de abóboras, perguntou: "Viram assombração?"

Ficamos ali sem dizer nada, as bicicletas congeladas, a gente com o cu na mão de medo. Seu Gileno nos convidou: "Venham me ajudar a colher umas flores". Adelina se adiantou: "Vou não". Tomás também achou melhor evitar. A gente meteu o pé nas bicicletas. Seu Gileno ficou lá com suas abóboras e aquela cara enrugada de quem já viveu muitas vidas. Não contei a ninguém, mas voltei lá. Amarrei na cruzinha de Felipe o lenço com passarinho bordado que Olímpia me deu. Quando saí de lá, o lencinho ficou voando, balançando, como se o passarinho bordado tivesse começado a bater asas.

30 DE OUTUBRO

Hoje encontrei um caderninho meu do ano passado. Eu costumava anotar coisas que as pessoas falavam. Era e ainda sou viciada nas palavras dos outros, gosto muito de escutar. Um de meus passatempos preferidos é colher fala de outros, sou uma catadora de palavras, cato como se fossem conchas em meu caminho. É um vício perigoso, pois às vezes eu escuto coisa que nem deveria escutar:

"Uma estrela vai passar bem próximo da Terra e causará um estrago enorme." (12 de março, homem na feira).

"Você me substitui no turno da noite pra eu poder ver o último capítulo da novela? Juro que, nessa vida, não peço mais nada a você." (13 de abril, mulher numa loja).

"Pois é... foi lá e fez tudo que não podia junto." (19 de abril, vó conversando mais o vô).

"Essa menina tem o olho maior que a barriga." (25 de abril, tia Azul).

"Você já viu um elefante voar?" (10 de maio, Tomás).

"E eu lá quero saber nada da minha alma..." (15 de maio, vizinha conversando com minha vó).

"Não existe música mais linda e mais saudosa do que o canto de uma cigarra." (2 de junho, vô).

"Essa paixão ainda vai me virar do avesso." (5 de junho, tia Azul).

"Um dia você vem me buscar. Eu, o passarinho mais a televisão." (7 de julho, tia Nete).

"Que se passa no coração de vocês?" (9 de julho, mulher na rua).

"Nosso ódio é do tamanho do nosso amor." (13 de julho, velhinha na fila da padaria).

"Prefiro ser pobre a ser triste." (27 de julho, homem limpando peixe na feira).

"Você pensa que é fácil ver um animal morrer e não poder fazer nada para ajudar?" (30 de julho, vizinha).

"Por mim, matava mesmo." (10 de agosto, seu Abel).

"Por mim, colocava fogo em tudo, até em vocês." (15 de agosto, homem na rua).

"Se fosse eu, eu matava também." (21 de agosto, vizinho).

"Você sabia que os imperadores romanos, após um banquete, enfiavam o dedo na goela para vomitar e, assim, tinham mais espaço no estômago para comer mais?" (23 de agosto, tia Azul).

"A verdade das coisas está aí. Só não vê quem não quer." (25 de agosto, vó).

"É a primeira vez que eu ganho um presente de aniversário." (6 de outubro, Josélia, a moça que limpa nossa escola).

"Falar é fácil. Eu queria ver você ter coragem de ir lá e fazer." (10 de outubro, Tomás).

"Eu só acredito em Deus às vezes." (11 de outubro, homem na missa).

"Ela morreu foi de medo." (14 de outubro, mulher na feira).

"Eu estou fodida, mas vou beber meu vinho!" (18 de outubro, mulher no boteco de seu Zé).

"A maldade dele, por mais sedutora, não me conquistou. Ele não conseguiu entrar no meu coração. E eu fico pensando: meu Deus, se eu deixasse isso entrar em mim? A gente não pode dar brecha, porque a maldade seduz." (22 de outubro, vizinha desabafando com a minha vó).

"Eu adoro caminhar bem cedinho, ver a luz fraquinha do sol, os passarinhos cantando, os cachorrinhos passeando e fazendo xixi." (25 de outubro, tia Azul).

"É como dizem: na situação em que estamos, todos os caminhos levam à merda." (27 de outubro, um bêbado no boteco de seu Zé).

"Ainda estou sentindo o gosto daquele banho de mar." (2 de novembro, tia Odalina).

"O mundo é um lugar complicado." (5 de novembro, vó).

2 DE NOVEMBRO

Hoje eu quis ficar sozinha. Avisei aos meus avós: "Vou caminhar". Eles me avisaram: "Não esqueça de voltar!" Calcei meu tênis, coloquei o mundo no bolso e fui passear.

3 DE NOVEMBRO

Ontem, quando fui passear, vi um homem destruir um ninho de passarinhos. Espatifou o ninho com uma vara, sentindo ser o senhor do mundo. Vendo aquilo, desejei que um dia a vida dele dependesse de um passarinho, que um dia ele precisasse muito, muito que um único passarinho lhe salvasse a vida. E que sofresse a necessidade dessa salvação como quem apanha. Não gosto de desejar coisas difíceis a ninguém, mas desejei mesmo, do fundo do meu coração, pois passarinhos são meu calcanhar de Aquiles.

4 DE NOVEMBRO

Hoje vi o exato momento em que uma flor desabrochou. Meus olhos ficaram quentes. Foi muito rápido. Como um vaga-lume que mal acontece já se desfaz.

5 DE NOVEMBRO

Tia Odalina hoje nos ensinou que ter saudade é bom, pois faz a gente recordar. Recordar, do latim *re-cordis,* que quer dizer voltar a passar pelo coração. E o coração gosta quando lhe fazemos uma visita.

6 DE NOVEMBRO

Um passarinho pousou na minha janela. E aconteceu de eu experimentar ele por um instante. Foi gostoso e breve como um beijo na bochecha. Por que as coisas bonitas fazem valer a dor do mundo? Quando o passarinho foi embora, coloquei as mãos no peito e repeti: as coisas bonitas fazem valer a dor do mundo. Quando o passarinho voou, pedi: "Cuida da Olímpia pra mim?".

8 DE NOVEMBRO

Brincamos a tarde inteira na rua. As pedras de granito brilhavam tortas em nossa rua paralelepípeda. Parecem miúdos pontos de luz que fazem da nossa rua um baú de pedras preciosas aberto bem no meio do mundo. Enquanto brincávamos de amarelinha, saltitando rumo ao céu, o vô fumava as nuvens com seu pito e seu café. A vó mais as vizinhas com bobes na cabeça, na calçada, tricotavam conversas com linhas coloridas e compridas. Às vezes, uma borboleta amarela pousava sobre os bobes, enfeitando a cabeça delas. Sentadas em suas cadeiras de balanço, viam o sol se desmanchar do outro lado. Entre um tricô e outro, espichavam um suspiro infinito, os olhos tão meigos de quem está sentada na calçada do mundo.

10 DE NOVEMBRO

Hoje teve procissão na Igreja Matriz, fui com minha avó só porque prometi. Andei fazendo umas promessas por conta de sua operação, o difícil agora é cumprir. Mas, como o Cristo que minha avó tanto ama, carreguei a minha cruz, fui lá pagar a promessa. Na procissão, o enxame de menininhas marchava com as mãos sobre o peito, todas vestidas de anjo, a pluma das asas provocando coceirinhas. Ao lado, as mães, aflitas, arrumavam as auréolas, as miúdas tiaras de florezinhas, as pulseiras de pedrinhas. Tinha chuva de pétalas brancas e chuva de prata. Enquanto as menininhas marchavam com suas roupinhas de anjo, pisoteavam o coração de uma que, por não ter asas nem roupinha, via a procissão passar, sem entender nem o que eram anjos. Mas recolhia com fome as pétalas brancas que mastigava, pareciam oferecidas por Deus como única refeição do dia.

11 DE NOVEMBRO

Tive um sonho terrível. As tanajuras tinham sumido. Fiquei desesperada. Quando via formigas, queria enfeitá-las com bundinha e asas. Se via mulheres de bundas gigantes, colocava nelas cabeças de tanajuras. Via homens voltando do serviço, eram operários e tinham olhos de sol. Enfileirados em suas bicicletas, eu os fazia virarem tanajuras enfeitadas de sentimento. Os aros das bicicletas brilhavam e me levavam para viajar numa tarde de sol e chuva. Lá, as tanajuras pingavam do céu. As de asa sobrevoavam minha cabeça, usavam véus e eu casava com elas. As tanajuras sumiram. Fiquei viúva, e só eu percebi.

13 DE NOVEMBRO

O circo está em nossa cidade outra vez. Tia Azul foi quem nos levou. Tomás, Adelina e eu comemos algodão doce. Dessa vez trouxeram mais animais. Eu vi um elefante pela primeira vez, fiquei paradinha olhando. Não sabia que podia me sentir tão pequena. O mundo é mesmo muito maior que todos nós, fiquei cheia de êxtase. Aquele elefante, tão grande diante de mim, me olhava com olhos tristes, olhos de quem não está. O animal, com seu coração de mastodonte, me esmagou sem me matar.

16 DE NOVEMBRO

Hoje meu sábado foi só de contemplação. Gosto muito de sábado, porque no sábado às vezes não acontece nada e isso me dá chance de inventar. Mas acontece que estava eu lá deitada no alpendre mais as cachorras, Dandara, Tião e Temístocles. Eu com eles me sinto a rainha dos bichos. O vô não fala rainha, diz assim "essa menina e seus bichos". Temístocles não é muito meu, a gente se bica muito, mas se aceita, porque, se a vó ama ele, então eu amo também.

Mas estou divagando... sábado me faz divagar... Acontece que vi uma aranha girando em sua teia e fiquei hipnotizada pela casa frágil e mágica. Então fui pesquisar. Copio aqui o que encontrei em uma das minhas enciclopédias:

"A criação de uma teia, para uma aranha, envolve a junção de vertentes separadas de tecido em um padrão integrado. A construção de uma teia está ligada à geometria da criação. Ao fazer uma teia, a aranha libera um fio de seda pegajosa no vento, se a brisa leva a linha para um local onde ela se fixa, a primeira ponte está formada. A aranha então, cuidadosamente, cruza a linha, reforçando-a com um segundo fio. Esse processo continua, até que um quadro em que a teia possa se proteger é feito. As pontes servem como um elo, unindo todas as coisas."

Mostrei para o vô o resultado da minha pesquisa. "Vô, meus pensamentos agora estão se espichando de um lado para o outro, feito teias de aranha." Ele sorriu e disse: "Toda nossa vida é uma teia invisível, meu amor". A frase do vô deu um toque mágico ao que aprendi.

17 DE NOVEMBRO

As formigas estão picotando a roseira da minha vó, e ela não sabe o que fazer. Ama a roseira com seus miúdos botões que espiam por detrás do murinho de pedra de grés do jardim, mas ama também as formigas pretinhas, não tem coragem de pôr veneno por cima delas. Minha vó está na máxima aflição, passou o dia pensando em como resolver esse problema. Até uma dor no peito lhe apareceu, o que já dá sinais de que o caso é de profundo amor. Os maiores dramas da nossa casa acontecem sempre assim, entre o amanhecer e o luar. O coração da vó é formigueiro, basta cutucar um pouco para agitar.

18 DE NOVEMBRO

Hoje, na aula de ciências, apresentamos o resultado de nossa experiência com feijão. Um grão de feijão é uma coisa parada. Mas atenção! No feijão, a morte é pura aparência. Basta colocar num pote sobre um tufo de algodão e um tiquinho d'água. Dois, três dias no sol, e pronto, o pé nasce feito um sonho. Trouxe meu pé de feijão e mostrei para o vô mais a vó. A vó disse: "É preciso ter atenção. As coisas mortas guardam em si promessas luminosas". A vó sabe fazer da minha aula de ciências um acontecimento poético.

19 DE NOVEMBRO

Como a palavra fere! Pois eu vi, no instante em que tia Cacilda falou, a palavra se quebrar no ar e um miúdo caco espetar bem o coração de tia Odalina. Houve silêncio, a gente que estava perto fingiu não estar. Tia Odalina tentou disfarçar, afinal, por trás de seus olhos, ninguém poderia ver. Mas a tristeza às vezes é dura como uma pedra, e era uma pedra que ela segurava na garganta para não chorar. Ninguém falou nada, porque até uma palavra de consolo poderia matar tia Odalina. Foi doloroso ver como um caco de palavra pode ferir uma pessoa inteira.

20 DE NOVEMBRO

Hoje é aniversário da minha avó. Dei o mundo todo para ela. Ela aceitou e estendeu as mãos em concha para receber o presente.

21 DE NOVEMBRO

Ontem foi aniversário da minha avó. Pedi ao vô para a gente fazer uma surpresa, ele aceitou. O vô realiza quase todos os meus desejos. Levamos a vó mais as amigas dela da igreja para o parque de diversões. Tomás, Adelina e eu fomos na roda gigante, a lua estava inteira no céu e lá de cima eu estendia minha mão para tocar. Adelina tem medo de altura. "Segura minha mão", ofereci. Ela apertou com força: "Assim você quebra meus dedinhos, minha flor". Adelina me olhou risonha. Tomás ficou todo sem jeito, ele se desconcerta todo com nosso amor. Falei pra ele: "Olha pro outro lado, Tomás". Ele olhou.

Quando descemos, fomos brincar de tiro ao alvo. A vó parou na barraquinha mais as beatas da igreja. A vó não é de beber, mas era aniversário dela, então tomou umas cervejas, as beatas fingindo ser o cálice do Senhor. Foi gole por cima de gole. Elas todas já um pouco ébrias nem perceberam a gente bebendo junto. Tomás ofertou: "Quer pinga?" Aceitei. Dei um gole, a garganta esquentou. Pareciam goladas de fogo, Adelina ficou rindo sem parar.

O vô estava enervado, espantou a gente dali. Mas Tomás pegou a garrafa e a gente se escondeu até secar a última gota. As luzes do carrossel me confundiam, pareciam estrelas explodindo na minha cabeça, Adelina, tontinha, gritava "eu vou cair, eu vou cair". Mas cair ela só caía era dela mesma, porque a altura, eu lhe disse, foi a cachaça que provocou. Adelina nunca tinha bebido, Tomás disse: "Tadinha, a gente empurrando a menina por tortos caminhos". Demos muita risada. No fim da noite, a lua parecia uma rosa de água no céu, a gente foi andando trôpegos pela rua parelelepípeda, voltando para casa, a vó mais as beatas, ébrias, cantavam para Maria:

Mãezinha do céu
eu não sei rezar

eu só sei dizer
que eu quero te amar

24 DE NOVEMBRO

Hoje Adelina me fez uma pergunta e doeu como se eu fosse picada por um escorpião.

25 DE NOVEMBRO

Adelina hoje me perguntou outra vez. Ela falou que me ama, que posso confiar. É tão meigo o jeito de Adelina me gostar, que agora eu sinto que é como sustentar nas pontas dos meus dedos uma libélula e um escorpião.

27 DE NOVEMBRO

A vó chegou muito consternada hoje. "O coração da vó de Marinês explodiu", ela contou. Acontece que dona Ildete tem um ateliê de costura, o ateliê se chama Mãos de anjo: bordando com amor, tem até plaquinha. Ela mais suas meninas estavam bordando quinhentas lágrimas de alegria para o casamento da filha do prefeito. Lágrimas de alegria são lencinhos que os ricos distribuem nos casamentos para os convidados enxugarem as lágrimas de emoção. Marinês é novata no ateliê, tinha poucos dias trabalhando lá. Dona Ildete é um pouco pérfida, gente ruim, como se diz. Contou cada lencinho, pensou que não deixou passar um. Acontece que deixou passar, porque, em sua conta, faltava um lenço. Confusa, recontou, a respiração já descompassada, foi e voltou, foi e voltou.

"Mas essa agora!", a vó contou que ela resmungou.

Acontece que, depois de uns dias do sumiço do lenço, dona Ildete desconfiou. Mas estava ocupada com suas meninas, tecendo uma enorme toalha de renda com cruzes aparecendo nos espaços vazios. Depois de pronta, a toalha foi embrulhada e dona Ildete foi entregar hoje na paróquia, durante a reunião das beatas de Maria Santíssima. Lá, as beatas abriram a toalha e se espantaram com a beleza do trabalho. Elogiaram o talento das meninas do ateliê de dona Ildete, Maria Santíssima ficaria muito feliz com aquele presente, a vó mesma foi quem falou.

Teve muita comoção e até lágrimas elas derramaram. As beatas da minha avó são mais derretidas do que as velas da igreja. Foi então que a vó de Marinês retirou do bolso um lenço, um delicado lenço branco rendado com flores. Abriu o lenço no ar e agitou, oferecendo para quem quisesse usar. "Dona Ildete reconheceu o lenço", a vó contou com a voz grave de espanto, eu mais o vô ficamos ouvindo com atenção, "era o mesmo lenço que havia desaparecido dias atrás de seu ateliê". O jeito que a vó narrava me fazia até ver o coração de dona Ildete agitado, como se estivesse preso num entremeio de mil fios. A beata dona do lenço era dona Marlu, avó de Marinês, a menina novata que dona Ildete contratou por indicação do padre. Dona Ildete juntou as pontas soltas, só podia ser isto: Marinês roubou o lenço e deu de presente para a avó! Dona Ildete investigou. A vó mencionou que ela colocou o óculos no meio do nariz e disse assim:

"Que lenço tão delicado." A outra beata respondeu: "Foi Marinês quem me deu".

Estava confirmada a suspeita. Dona Ildete não pensou duas vezes. Desatou a falar, papocou feito vulcão, o escândalo logo começou. As beatas se agitaram, dona Marlu defendendo a honra da neta, espanando o lenço na cara da "mentirosa da Ildete". Teve gritos, xingamentos, até tapas, as beatas se enrolaram na teia daquela confusão cada vez maior. A vó era a única que tentava separar os fios. Tudo por um lenço de renda que, segundo contou minha vó, pousou no chão silencioso como um fio de cabelo após dona Marlu cair esturricada, a boca espumando. As beatas, desesperadas, gritaram: "Ai meu Deus!". Mas o tempo não deu nem para Deus, pois o coração da avó de Marinês já não batia mais.

A vó ficou muito consternada. Refleti: "Esse lenço causou mais confusão do que o lenço de Desdêmona". A vida às vezes parece mesmo inventada.

29 DE NOVEMBRO

Hoje quase usei a faca de Tomás. É que seu Abel viu Adelina na rua e chamou assim: "Ei, coisinha, vem cá". Adelina foi treinada pelo pai a obedecer e obedeceu quando seu Abel chamou. Mas eu estava atravessando de bicicleta e vi. Não prestou, porque eu desci já com a faca de Tomás na mão. Tem vezes que eu sinto a coisa uns instantes antes de ela acontecer, é como pegar um pássaro antes de ele se abrir. Saí de casa já sentindo aquele homem perto de mim. Há muito tempo estou juntando esse lixo em mim, o nojo de seu Abel é como um lodo grudado nas minhas mãos, nos meus pés, na minha boca. Quando penso em Olímpia, na criança que ele enfiou nela sem ela querer, eu tenho vontade de matar ele. Ele pensa que pode tudo. Depois de Olímpia, agora quer enfiar uma criança em Adelina também? Não vou deixar.

Desci da bicicleta e tirei a faca, mostrei para ele, que logo mudou de cor, seus olhos se enervaram: “Moleca!”, me xingou, mas estava com medo, o povo da rua começou a olhar. Falei para ele que vou contar tudo para o meu avô, mas, antes de contar, furo ele. “Eu furo a sua cara, rasgo o senhor inteiro, furo até o cu do senhor.”

Seu Abel expulsou a gente de perto dele, ameaçou chamar meu avô. Adelina ainda não aprendeu que é preciso saber se defender, brigou comigo. Chorei muito depois disso e ela não entendeu. Fomos até o fundo da escola, lá é nosso lugar, então ela perguntou: “Você vai me contar?” Eu só falo as coisas que quero, então resolvi que queria falar. Ela continuou segurando a minha mão: “É verdade o que meu pai me contou? Você matou?” Ficou puro fogo o meu coração. Falei pra ela, falei mesmo, falei tudo. Minha mãe tinha Maria no nome também, nasceu enlaçada que nem eu. Por isso meu nome, expliquei, esse nome é ela e sou eu. A vó conta que no dia em que eu nasci minha mãe falou assim: “Essa menina é Maria como a mãe de Jesus”.

Parece que essas palavras entraram em mim feito mel, mesmo eu ainda tão miudinha. A vó diz que meus olhos se arregalaram, era eu dizendo que aceitei o nome, porque eu só faço o que quero desde sempre, desde quando nasci. A vó sempre diz que sou fogo, sou vulcão e é esse fogo que de vez em quando me faz errar, mas o vô fala que errar é humano, então muito humana devo ser eu.

No dia do meu grande erro, o vô trouxe para casa umas bolinhas pretinhas. Eu sou que nem peixe que morre pela boca, perguntei logo: “É docinho, vô?”. Ele, todo enervado, respondeu: “Não mexa em coisa minha!”. Não adiantou, encontrei o pote com as bolinhas e roubei para mim. Brincava de fazer comidinha, minhas panelinhas de brinquedo com grãos de feijão que a vó me dava para brincar. Enchi as panelinhas com as bolinhas do vô, misturei com os grãos de feijão. A mãe chegou com aquele jeito dela, que às vezes parecia morar em outro lugar. Quando eu olhava em seus olhos, eu perguntava: “Mãe, onde você tá?”. Ela então dava um sorriso, falava: “Estou bem aqui, meu amor”. Chamei ela para brincar de comidinha comigo. Quando ela viu as bolinhas, seus olhos mudaram de cor, parecia que, de repente, a mãe tinha apagado. Ela chegou perto, bem pertinho de mim e falou: “Você quer dormir?”. Respondi que não, “vamos brincar de comidinha, mãe”. Ela deu risada, mas foi mentira o modo de ela rir. Aceitou a brincadeira, eu mexendo as panelinhas, a mãe imitando uma boneca grande, pegava as colherinhas enfiando as bolinhas na boca. A gente brincando de refeição, eu servia ela. Mas a mãe não sabia que era brincadeira, que era para comer de mentirinha. Não lembro muita coisa, parecem brumas, preciso abrir neblinas para ver a cara de alegria da minha mãe misturada em suas lágrimas, a gente brincando juntas, que brincar juntas era nosso maior momento de amor. Mas aí parou, olhou para mim como se fosse a primeira e última vez. “Não aguento mais, meu amor”, a mãe sussurrou e me levou com ela para dormir.

Debaixo do mosquiteiro eu via a luz fraca e amarela pendurada por um fio velho como um pequeno sol no teto, as telhas furadas, deixando a tarde entrar pelos buraquinhos. Quando acordei, só estavam lá meu avô e a minha tia Azul.

A vó por um instante sumiu, e foi por ela que chamei, falei assim: "Vó, vem me salvar". Mas salvar de que eu nem sabia, presa ali debaixo do mosquiteiro, parecia que estava lutando como uma mosca que tenta escapar de uma teia de aranha.

Depois disso, minha mãe sumiu, levaram ela no caixão. As amigas da minha avó sopravam pelos cantos: "Deus queira que essa menina não puxe a loucura da mãe, Deus é mais, engolir chumbinho!" Aquela palavra me queimou, foi como ferro quente em meu coração. Loucura, a mãe era louca então? Lembro que chorei durante dias, porque queria brincar com as minhas panelinhas, mas a vó colocou fogo em tudo. Lembro de muito ou pouco tempo, não sei, mas lembro que minha avó esqueceu de mim e eu já não era sua. Ela não me queria. Mas então a estação mudou, era inverno, depois verão. As coisas eram outras e a vó era minha vó outra vez. Meu aniversário de sete anos chegou, o vô me ajudou a soprar a vela: "Faz um pedido, meu amor". Quando soprei a vela, pedi para atravessar o arco-íris e encontrar Maria.

30 DE NOVEMBRO

Contei tudo para tia Azul sobre a minha conversa com Adelina. Tia Azul é muito sábia e me entregou um panfleto, queria dizer algumas coisas para me consolar. No panfleto está escrito assim:

"Que você possa retirar cada espinho que lhe enfiaram no coração.

Que você não se iluda, a ilusão é a chaga dos olhos.

Que você continue a ver com os outros olhos, os da alma.

Que você sempre lembre que existem no mundo todas as flores e todos os pássaros, tudo muito mais belo do que nós.

Que você possa, um dia, dizer aquela palavra engasgada. Não se engasgue com as palavras.

Que você possa se perdoar por ter ferido alguém. Todo mundo já feriu e já foi ferido por alguém.

Que um dia você se surpreenda pensando em... dar nomes às lagartixas da sua casa, boi voando, passarinho cantando... que um dia a sua cabeça regrida ao ponto mais infantil, o ponto intacto da imaginação solta... da imaginação zureta e total.

Que você possa olhar mais para o chão e, assim, evitar esmagar tantas formigas num só dia. Já parou para pensar quantas centenas de formigas matamos sem querer?

Que você possa ter sempre pelo menos um amigo. Ninguém resiste a essa vida só.

Que você possa observar, pelo menos uma vez por semana, um pássaro voar. Há vários por aí.

Que você possa, pelo menos uma vez por dia, sentir o coração bater. Literalmente. Põe a mão agora e sente. Estar vivo é pulsar por dentro.

Que você possa, pelo menos uma vez ao ano, fazer um pedido a uma estrela. Mesmo que você não acredite em estrelas.

Que você não seja ferido demais.

Que você alcance toda a inteligência, mas não ignore a outra inteligência.

Que você possa passar pelo menos um dia sem sentir medo. Medo algum.

Que você possa sonhar de vez em quando com alguém que amou e já morreu. Um sonho bom, que te faça acordar de bem com a vida e em paz com a sua saudade.

Que você reaja diante de uma injustiça. É muito feio se anular.

Que você aprenda a amar o mendigo e seu cachorrinho.

Que você aprenda a amar tudo o que vive e respira. E tudo aquilo que parece não viver e não respirar.

Que você minta sempre que for preciso para salvar a vida de alguém.

Que você nunca deseje a morte de alguém.

Que você tome partido, pelo menos uma vez na vida. É preciso aprender a defender o outro. Quem sabe um dia alguém te defenderá.

Que você possa perdoar, porque perdoar é o único gesto que não maltrata."

1 DE DEZEMBRO

Hoje a vó decidiu montar seu ateliê lá no sítio, falou que quer um lugar tranquilo para costurar. Fomos ajudá-la, Adelina, Tomás, o vô e eu. No alpendre, a gaiola pendurada girava devagar, dentro dela um canário amarelo molhava o bico no pequeno bebedouro. O alpiste que o vô colocou chuviscava pelas grades. Mas eu prometi para o canário: "Vou te soltar".

Por entre as flores e trepadeiras o vô colocou uma mesa com a máquina de costura, carretéis de linhas em todas as cores. A vó se sentou para testar. Sentada, ela batia o pedal, a máquina trabalhava, respirando com força como um animal. A luz da tarde entrava tocando as linhas coloridas, acendendo um arco-íris que atravessava o alpendre por cima de todos nós.

Eu estava mesmo ali ou imaginava aquilo tudo? Parecia que eu entrava nas ondas de um sonho. A vó então desligou sua máquina, sentou em uma cadeira de balanço, agulha e bastidor à mão, começou a tecer com paciência, sabe Deus, que coração. Abri a gaiola para o canário voar, que meu vício é libertar. Saí de lá feliz e aliviada. A ternura de algumas coisas é para sempre.

2 DE DEZEMBRO

Vimos um passarinho ser esmagado. Ele estava machucado, cruzando a estrada quando um caminhão o atropelou. Adelina e eu, do outro lado, ficamos apavoradas. Foi o mesmo que ver uma pessoa morrer. Adelina saiu correndo chorando de tanta dó, que é como o vô fala, às vezes uma pessoa não suporta e enlouquece de dor. Eu não. Fiquei ali olhando, até um urubu aparecer e comer as miúdas vísceras do passarinho. Me deu voltas na barriga, como se muitos ratos pulassem de mim. Mas aguentei. A vó comentou: "Hoje você aprendeu uma dura lição". Por um minuto eu quis desistir do mundo.

3 DE DEZEMBRO

Hoje colocamos a árvore de Natal na casa de minha tia Azul. Ela tem uma árvore grande, precisei de uma cadeira para pôr a estrela no topo. Tia Azul tem também uma caixa enorme cheia de bolas de vidro. Eu ficava girando as esferas delicadas e brilhantes, depois pendurava elas nos galhos. Tem também uns enfeites de estrelas, guarda-chuva e flocos de neve. Acho esquisito, porque neve por aqui a gente nunca viu. Tia Azul, rindo, analisou que sou muito cheia de desconfianças, até pareço um pouco com a minha avó. Bebemos vinho "Só hoje porque você está feliz", disse a tia. Bebi de uma golada só. Mas de vinho não gostei não, prefiro a cachaça que o Tomás me dá. Tia Azul me tirou para dançar, colocou um lenço amarelo na cabeça, colocou duas bolas de vidro azuis na frente dos olhos e começou a imitar Doris Day:

When I was just a little girl
I asked my mother: What will I be?
Will I be pretty?
Will I be rich?
Here's what she said to me
Que será será
What ever will be, will be
The future's not ours to see
Que será será
What will be, will be...

4 DE DEZEMBRO

Estamos de férias da escola. Foi sorte eu não repetir, levando em conta as notas quase enforcadas que tirei em matemática. Mas estou aliviada. É como dizem: o alívio do quase enforcado que não se enforcou. Agora tenho terreno aberto para minha imaginação, férias mexem muito com a minha cabeça, dão horizonte aos meus sonhos, pois eu, quando não tenho o que fazer, invento até delirar. Adelina vai passar as férias na casa dos avós dela. Já sinto falta, mas foi tia Odalina ensinou que ter saudade é bom, faz a gente lembrar de como é bom gostar.

5 de dezembro

A vó montou seu presépio. Tomás, o vô e eu ajudamos. A vó é muito delicada, ela mesma faz os bonequinhos de gesso, pinta, faz as roupinhas. Colocamos as luzinhas em volta, o vô acendeu. Seu Gileno veio fazer um serviço com o vô, ajudar ele com umas telhas, quando viu o presépio, tirou seu chapéu. Falou assim: "Salve a Virgem Maria!" Seu Gileno não é religioso, mas não conteve as lágrimas diante dos bonequinhos, dos boizinhos e das ovelhinhas. Seu Gileno parece menino se encantando com brinquedo.

Quando montamos o presépio, fui correndo ver Olímpia. Dei para ela um bonequinho de gesso que peguei do presépio do ano passado. O bonequinho é o menino Jesus em sua manjedoura. É miúdo, está deitado com os bracinhos abertos, os olhinhos procurando o céu. Falei para ela que aquela criança era dela, ela não precisava ter medo, não precisava tirar nem colocar no lixo. Aquela criança ninguém poderia matar. Olímpia gostou do presente, garantiu que vai guardar aquele menino na cabeceira de sua cama, vai olhar para ele todas as noites quando se deitar com seus homens.

7 de dezembro

Hoje perguntei para o meu vô: "Posso colocar pratinhos com jujubas e bolinhas também?" Ele estava colocando um pratinho com oferendas para as crianças do reino encantado. "Você um dia vai saber, mas essas crianças do reino encantado cuidam muito do seu avô." Ele me deu um pratinho com jujubas e bolinhas de gude e explicou que essas crianças são levadas, brincalhonas e um pouco pérfidas quando querem, assim feito as crianças desse mundo. Ele perguntou: "Você acredita, meu amor?" Respondi: "Vô, o que os olhos não veem o coração sente".

8 DE DEZEMBRO

Encontrei uma rosa em meu caminho, sua cor rosa é como uma mancha de algodão doce. Foi amor à primeira vista, amor de eu não poder arrancar. Falei para ela que irei todos os dias visitar. Hoje mesmo me ajoelhei diante dela porque sou de me ajoelhar para as coisas que me dão comoção. O povo da rua estranhou de me ver falando sozinha, disseram assim: "essa coisinha é doida". Mas eu não me importo com a língua quente desse povo, eles não sabem que me ajoelho para as coisas bonitas e que por isso o mundo escolheu se oferecer para mim.

10 DE DEZEMBRO

Meu amor de rosa morreu. As pétalas queimadas foram decepadas pelo sol. Seu Gileno me viu chorar. Ele é antigo como o mundo, os braços cheios de caminhos e pelos. Seu Gileno às vezes vira árvore. Isso não foi eu que inventei, é lenda que o povo diz. Mas eu mesma, conto aqui sem querer mentir, falo sério, uma vez eu vi seu Gileno no meio da noite, sua enxada na mão, o braço cheio de grama verde, o rosto em modo de árvore. Saí correndo, tamanho foi o susto que levei. Seu Gileno me viu chorar, logo perguntou o que aconteceu e respondi que meu amor de rosa morreu. Ele riu. "Está rindo da morte, seu Gileno?". Ele tirou o boné, vi um restinho de folha em cabeça sua. Seu Gileno espantou, a folhinha voou. Ele então disse: "É muito passageiro o amor".

Fiquei pensando, pedi para seu Gileno esperar. Ele deu risada, colocou de volta seu boné, pediu licença, pois tinha muitos túmulos para limpar. Entrou no cemitério com seu carrinho cheio de abóboras e sua enxada. Gritei: "Seu Gileno, quando eu morrer o senhor vai me enterrar?" Ele desapareceu no fundo do cemitério.

13 DE DEZEMBRO

Hoje passei a tarde com tia Azul. Conversamos muito. Tomamos chá com chocolate meio amargo. Contei para ela que ando consternada porque Tomás me disse que vai embora. Dedilhando as teclas do seu piano, tia Azul filosofou como quem sopra uma pétala no vento: "Mais vale um pássaro solto do que preso na mão".

16 DE DEZEMBRO

O sonho foi assim: eu estava no quintal. Era noite. Várias pessoas cavavam retirando da terra partes de cadáveres. Eram como arqueólogos que separavam os ossos das pernas, braços, pés, crânios, costelas. Pilhas de ossos organizados por tamanho e tipo. Eu andava com medo de pisar, pois o quintal estava cheio dessas pilhas de cadáveres desmontados. Olhava cada parte e começava a escolher as que serviriam para eu montar um esqueleto. Escolhia uma tíbia, uma costela, algumas falanges. Com um pano ia limpando cada osso e depois eu encaixava uns nos outros. Era o mesmo que montar um brinquedo. Depois de pronto o esqueleto, o sonho acabou e eu fiquei de mãos abertas no ar. O que era preciso fazer? Acordei me sentindo estranha, como se o esqueleto que eu montava fosse eu. Contei o sonho pra vó, que ela é meio bruxa e foi muito fúnebre esse sonho, eu não poderia deixar passar. Ela raciocinou assim: "Talvez você agora precise completar o esqueleto com uma pele e músculos. Mas o mais importante é dar um sopro e um órgão maior capaz de fazer o esqueleto funcionar". Esse órgão a vó não revelou. "E como faço isso, vó?" Ela concluiu: "O mistério maior está na busca".

18 DE DEZEMBRO

Sonhei que uma pétala de rosa me sonhou.

20 DE DEZEMBRO

Tomás foi embora. Passou aqui apenas para se despedir. Estava farto de seus pais. Ele me disse: "Fica triste não que nosso destino é se encontrar". Não sou de chorar e dessa vez não chorei, porque confio em Tomás e ele respeita muito meu coração. Disse que posso ficar com sua faca, mas que não devo jamais usar.

Ele estava com uma trouxa nas costas e seu burrico do lado, os olhos do animal pareciam falar comigo quando olhei. Perguntei para Tomás: "Um dia você volta?". Ele sorriu com aqueles dentes tortos, Tomás quando sorri é capaz de salvar o mundo. Respondeu: "Um dia você vai". Quando ele falou, eu juro, eu juro que senti seu coração bater dentro do meu. Ele pegou seu burrico, saiu arrastando o animal. Os dois foram pela estradinha de chão, Tomás com a trouxa nas costas, o burrico caminhando devagar. Sumiram no horizonte. Tomás até parece que foi sonho meu. Se Tomás não existisse, eu inventaria ele.

22 DE DEZEMBRO

Hoje Dandara abocanhou um passarinho. Brincava com a pequenina ave, saltando com a presa na boca. Rolava na grama e o passarinho estremecia as asas de pavor, me apavorando também, que eu logo lembrei de quando vi um passarinho morrer.

Mas Dandara descuidou, o passarinho não perdeu tempo e escapou. Voava baixo, se debatendo tonto e cansado entre as folhas das árvores, até encontrar uma galha alta onde pousou para respirar. A cena foi espantosa, juro que o passarinho parecia chorar. Dandara não desistiu da brincadeira, seu instinto é muito felino, como disse a vó. Mirou lá no alto na ponta da galha, os olhos de mel calculando a altura. Ainda escalou um pouco a árvore, mas o passarinho tomou fôlego e voou como uma flecha disparada rumo ao céu. Dandara lambeu a pata e deitou ao pé da árvore, onde ressonou. O episódio foi dramático! Daqueles de doer o peito de tanta aflição. É preciso um coração forte para suportar as emoções do mundo.

24 DE DEZEMBRO

Então é Natal.

28 DE DEZEMBRO

Tive um sonho esquisito. Sonhei com um enorme fogo. Dentro desse fogo, atirei tia Azul, a vó mais o vô, minha mãe, Tomás mais Adelina, tia Clécia, tia Rita, tia Odalina, tia Lurdinha, Felipe e Olímpia, Dante mais Daniel, seu Gileno, dona Bilu, seu Abel. Brisa, Flor e Mel, Temístocles, Tião, Dandara, o burrico de Tomás, seu Manuel, minha bicicleta Gertrudes, meu dente de leite, as cobrinhas dos meus cabelos, as flores também. Atirei ainda a irmã de Adelina mais a criança dela que não nasceu, as cores do arco-íris, até meu coração que pesava o peso de uma cigarra e papocava feito fogo de artifício. No sonho até você, diário, eu atirava ao fogo. Tudo junto o fogo engolia. Ah! meu Deus, agora eu sei. Eu me sonhei.

29 DE DEZEMBRO

Eu, quando não tenho o que fazer, invento. Passei o dia desenhando. Tia Azul me deu um estojo enorme com lápis de cor e papel. Fiz um desenho inteiro do mundo. No meu desenho fiz o mar, as estrelas, o sol e a lua, um rio com um barquinho e seu pescador que enganchou o anzol no sol da tardinha e ali ficou, balançando nas águas calmas de seu coração. Fiz também uns peixinhos dourados, um porta-retratos com foto de avó, um lustre de cristal, uma xícara de vidro com asa quebrada, um calendário do Sagrado Coração de Jesus pendurado na parede da cozinha, um resto de canjica no tacho. Fiz panelas de alumínio, um cinturão atrás da porta e uma marca de vacina no braço. Fiz uma estradinha com um burrico e seu menino em cima, uma estrela d'alva, um morrinho de areia e uma fila de formigas organizadíssimas, transportando suas folhinhas. Desenhei também as ruínas de Troia, onde uma borboleta pousou, e uma estrela que é a maior e mais brilhante de todas bem no centro do desenho a iluminar o coração do mundo. Fiz ainda uma caixinha de música, um caderno de caligrafia, uma lata cheia de dentes de leite e um baú com as camisolas de todas as vizinhas. Desenhei um velho quieto no caixão e seu rosto quieto de moscas. Desenhei uma caixinha de mentiras enroladas como novelos de lã guardada no armário da cozinha, um pote de doce de leite com safadezas dentro e uma jarrinha de vidro lascada no bico e umas tacinhas de licor ao redor. Desenhei uma dentadura boiando num copo, um lápis Faber Castell, uma caneta Bic. Desenhei uma capelinha com um sino antigo e um padre velhote fazendo extrema unção.

No meu desenho fiz uma gota, um pedaço de mar, banhos e banhos de chuva, poças e bonecas de louça brincando para lá e para cá. Desenhei bolas de gude, panelinhas de barro. Fiz arames farpados que machucam, fiz verrugas e chiclé que nunca se acaba de chupar. No desenho fiz também umas bombas, balas perdidas que encontram criancinhas, gente escondida debaixo da cama. Desenhei Maria, pois dela eu gosto demais. Eu desenhei ela parecendo assim com a minha vó, está sentada com seu menininho no colo, embalando ele ao som de uma canção. Desenhei um xarope, uma colher e uma pérola no fundo do mar. Tia Azul gostou. Fui mostrar meu desenho para o vô mais a vó, eles disseram: "É preciso ter olhos de sonho para ver o mundo que você desenhou".

30 DE DEZEMBRO

Hoje fiquei acordada e vi o sol nascer. Pareceu a última e a primeira vez.

31 DE DEZEMBRO

Fechei os olhos e ouvi o coração de uma borboleta batendo no mundo.

Este livro foi composto em Adobe Caslon Pro,
Avenir Next Condensed e Hey Eloise, impresso
em agosto de 2023 pela Gráfica Loyola em
papel alto alvura 90g (miolo) e Supremo 250g (capa).